モブの俺が巻き込まれた乙女ゲームは
ＢＬ仕様になっていた！２

CHARACTER

ノクス・ウースィク
乙女ゲームの隠し攻略対象。セイアッドにだけ特別甘く他の人間にあまり心を開かない。
セイアッド・ロアール
乙女ゲームのモブで伯爵子息。ノクスの溺愛を戸惑いながらも受け入れつつある。

フローラ・スター・オイストゥル
乙女ゲームのヒロイン。はっきりした物言いをする。陰からセイアッドたちを見守る。
ヘリスウィル・エステレラ
エステレラ王国第二王子。ノクスに対抗心を燃やし、文武両道になる。
ロシュ・フェヒター
ほわほわした柔らかい性格でセイアッドと手芸仲間。
シムオン・トニトルス
面倒見がよく、料理好き。ロアールの料理長に弟子入りした。
リール・ブルスクーロ・アナトレー
アナトレー帝国の第二王子。さっぱりした性格で脳筋気質。
フィエーヤ・ウェントゥス
宰相の息子で大人しく知識欲があり、本の虫。素直な性格。

プロローグ　冒険者として活動開始！

俺は通利《とおり》一平《いっぺい》。日本人で、ゲームが趣味の地味オタク。特にはまったのが「星と花と宵闇《よいやみ》と」だった。

ストーリーは異世界から来た主人公が星と花の力の担い手になり、魔王を倒して好感度の高い攻略キャラとハッピーエンドになるという王道の乙女ゲーム。ＲＰＧ要素もしっかりあって、能力値を上げるミニゲームもあった。スマホで手軽に遊べるのもヒットした一因だろう。

舞台は貴族学院で、攻略対象は五人＋隠しキャラ。第二王子ヘリスウィル・エステレラ、騎士団長の息子ロシュ・フェヒター、魔法師団長の息子シムオン・トニトルス、留学中の隣国の第二王子リール・ブルスクーロ・アナトレー、宰相の息子フィエーヤ・ウェントゥス、そして隠しキャラのラスボス、魔王であるノクス・ウースィク。

ノクスは黒髪、黒目の超絶美形なのだが、ゲームの舞台であるエステレラ王国では黒は闇の精霊の加護を意味する。魔物を統べるといわれる宵闇《よいやみ》の神は魔に近く、闇の精霊はその眷族《けんぞく》だ。

そのため、黒の髪や目は忌避や迫害の対象になり、そして怖れられる。なぜなら、この国の王家の主神が太陽の神で、太陽の神と敵対関係にある宵闇《よいやみ》の神の色に通じるからだ。

彼は孤独に陥り、闇落ちし、魔王となる。それが切なくて、俺の最推しとなった。

彼を救いたくてゲームで頑張ったけれど、彼の隠しルートをプレイする前に俺は死に、セイアッド・ロアールとして「星と花と宵闇《よいやみ》と」に酷似したこの世界に転生した。

最推しであるノクスと五歳の時に出会い、その時、前世を思い出した。

この世界のノクスが闇落ちして魔王にならないようにすると俺は誓った。

出会った時に起こったノクスの魔力暴走が原因かわからないが、彼は俺の家で一緒に暮らすことになった。一緒に勉強し、遊び、鍛錬をするうちに、俺たちはとても仲よくなった。

なぜか攻略対象者たちにも次々に出会い、交流するようになる。

十歳になった時に祝福の儀が教会で行われて、自分の持つ加護がわかる。それを受けると魔法を使ってもいいことになるんだけど、それだけじゃなかった。

なんと第二の性、バース性の説明があったのだ。アルファ、ベータ、オメガっていう性があり、オメガであれば男であっても子供を産むことができる。バース性の発現は十三歳から十八歳くらいまでの間だ。兆候があると教会でバース鑑定を受けなければいけないんだそうだ。

ノクスにプロポーズを受け、自分がオメガだったら考えると答えた。

確かに、ずっと側にいて友達の距離じゃなかったかもしれないけど、だからって男の幼馴染にプロポーズされるとは。

頭を殴られたくらいの衝撃があった。

だって、まさかと思うだろ？　主人公不在のゲーム開始前だぞ？

乙女ゲームだと思っていたのに、いつの間にかＢＬ仕様になっていた！　なんて。

ほんとにどうしてこうなった？

◇◆◇　◇◆◇

貴族学院の入学に向けて魔法の本格的な修行が始まった。

おじいちゃん先生は基礎と魔力制御は修めているのだから、と実践的な魔法の習得と、貴族学院で習う魔法の予習に重きを置くようだった。

基本四大属性魔法は、適性がなくとも初級までの習得は可能で、魔力の基礎の属性を丸めて打ち出すことから始めた。ノクスの興味は身体強化魔法にあって、属性魔法にはあまりないみたいだった。

ノクスは膨大な魔力量があるので、属性魔法の練習をしても魔力枯渇にはなかなかならない。

俺も、ラノベ式魔力増加修行のおかげで、ノクスに次ぐ魔力量だ。つまり練習し放題。

魔法を使っていい許可が出たので、魔弓の練習も始めた。普通の弓はそこそこ上手くなっているから、的中はそう難しくなかった。

ワイバーン討伐の時に一度魔力の矢を撃っていたから、属性のない魔力の矢を作るのは簡単だった。逆に属性矢を作るほうが難しかった。

おじいちゃん先生がアドバイスしてくれたところによると、魔力を無駄に使ってるんだって。制御が甘いってことかな。

トニ先生に鍛えてもらっていた時は、よくできてるって言われたんだけどなあ。属性矢はそれとは違うんだろうか。筋はいいから頑張りなさいって言ってくれたから、向いてはいるんだろう。

月の神の加護の魔法っていうのはまだよくわからない。十二歳のスキル判定時に使い方がわかるみたい。レアな加護は神官さんや魔法の先生にも、わからないことが多いらしい。

大抵はスキルが使えるようになるとわかるらしいんだけど、不思議だね！

◇◆◇　◇◆◇

そんなこんなで、新しいスケジュールをこなしているうちに、やっと冒険者の活動を許された。

初めてのクエストだ！

師匠を連れて冒険者ギルドにノクスと向かう。領都内の雑用クエストの予定だから、最小限の武装で動きやすさを優先した服装だ。もちろんフード付きのマントは着てるよ！　ギルドで個室対応なのは仕方ない。領主の嫡子だもの。

受付のお姉さんが選んでくれた雑用クエストから、庭の草むしりの依頼を受けた。老夫婦の屋敷で裏庭が雑草だらけになったので、処理してほしいとのこと。

「こんにちはー！　ギルドから来ました！　冒険者のセイアッドです！」

「同じくノクスです」

迎えてくれたのは優しそうな老婦人。

「草むしりの依頼の件ね」

俺たちは元気よく返事をした。

「はい！」

「まあ、元気があっていいわ」

老婦人はほわっとした笑みを浮かべて門を開けて中に招き入れてくれた。ギルドの依頼書を見せて確認してもらうと、裏庭へ案内される。

「こちらには特に花壇などは作っていないけれど、毎年この時期から秋まで雑草が伸びて困るの。だから定期的にお願いしているのよ。よろしくね」

「はい！」

俺たちは再び声を揃えて返事をして早速、草むしりに挑んだ。

「手袋したほうがいいなあ。手、切れそう」

軍手を出してお互い、装着。鎌など持ってないので手で根まで引っこ抜く。根を残すとまた生えてくる可能性があるからだ。

お昼ごろに老婦人がジュースをくれたので昼休憩する。持参したサンドイッチを食べて日陰でお腹が落ち着くまで休んで、再開。

夕方にはなんとか抜き終わって、抜いた雑草をまとめておしまい。後始末は老婦人がするとのことだった。

「終わりました～～！」

確認をしてもらうのにドアを叩く。老婦人がドアを開けて出てきた時だった。

不意に風が舞って俺たちのマントのフードが背中に落ちた。

老婦人の目が見開かれた。

ああ、また、ノクスが否定されるのだろうか。

「まあ！　二人とも、月の君と夜の君みたいね！　素晴らしいわ！」

はい？

「きっと、幸運が訪れるわね。ありがとう」

にっこり微笑んだ老婦人に俺たちはなにも言えなかった。

上機嫌な老婦人の勢いに押されつつ、裏庭を確認してもらった。

「とても助かったわ」

終了のサインをもらって見送ってくれる老婦人に手を振り、俺たちはギルドへと戻る。

報酬は二銅貨。これだけでは宿代にもならない。

でもパンは買えるし、子供のお小遣いとしては多いほうだ。大抵は俺たちくらいの子供たちが小遣い稼ぎや家族の生活の足しにする雑用クエストだ。

今日の草むしりだって、庭師の見習いがやるようなものだし。冒険者ギルドに出しているのはボランティアみたいな依頼だろう。

農民の子供たちは農作業の手伝いで忙しいし、職人の子供は大抵そのまま見習いになる。祝福の儀やスキル鑑定で、かけ離れた加護やスキルをもらったなら別だけど、大抵はそのまま親の職業を継ぐことが多いのだ。

第二子以降で家を出る子供は冒険者ギルドに登録し、お金を貯めてほかの街へ仕事を探しに出るか、見習いの仕事を探したりする。

成人していれば開拓事業に出たり、兵士になったり、いろいろだ。

領都にはスラムはないけれど、孤児院はある。

孤児院の子供たちは成人になるまで独り立ちをするために大抵は冒険者ギルドに登録をする。そして院を出るための準備をする。

王都のギルドの登録者はもっと多いんだろうなと、登録したギルドを思い浮かべた。

俺は冒険者ギルドの依頼を受けて、初めて通貨の価値を知った。

うちの領民一家族が一か月に使うお金は一銀貨程度。王都や商業が栄えている街ではその十倍かかる。

最低通貨は小銅貨。大体前世で一円換算。パン一個が二銅貨。

百小銅貨で銅貨一枚。十銅貨で大銅貨一枚、十大銅貨で小銀貨一枚、十小銀貨で銀貨一枚、十銀貨で大銀貨一枚、十大銀貨で小金貨一枚、十小金貨で金貨一枚。

庶民が見る通貨の限界がここ、あとは大金貨、白金貨などあるけれど、貴族や王家の国家予算でしか使われない。

物価や領の経済状況などで、相場は違うけれど、平民の使うのは大銅貨くらいまでが普段使う貨幣だ。そもそも農民は貨幣をほとんど使わないからね。物々交換が基本だものね！

「ノー……ノクス！　初めて働いたお金だよ！」

やっべ。ついノーちゃんて言っちゃいそうになる。

「うん」

ノクスは吹き出しそうなのをこらえる笑顔で頷くし！

「どうしよう、なにか父様と母様に買おうかな？」

「それもいいかもね。私もなにか、考えてみるかな」

「坊っちゃんがた、それはあとにしろ。屋敷に帰るぞ。日が暮れる」

師匠がギルドで盛り上がってた俺たちに帰るよう促した。もちろんクエスト中も見守ってくれていたよ！　こっそりね。

屋敷への道を歩いているとだんだんと周りが薄暗くなってきた。空を見上げると、日がもう、山に沈むのが見えた。空がオレンジから夜の闇色へと変化していく。

「きれい……」

「うん」

「これからノクスの時間だね！　夜の君、だもん！」

「え。確かに加護はあるけれど、いまいちよくわからないんだよ？」

「俺だって月の神様の加護の力、全然わかんない。でもほら、ノクスの色だよ？」

暗くなっていく空を時折見上げて歩く。指さした先は夜空。宵闇《よいやみ》の神の領域。

老婦人の笑顔にフードを被りなおすことを忘れていた俺たちは、もういいやって感じで、冒険者ギルドにそのまま行った。

ノクスを見る人たちの目はどちらかと言うと憧憬の色で、俺を見る人たちの目と似たようなものだった。

だから、屋敷までの道のりは疲れてたけれど足取りは軽く、嬉しくてスキップした。

出迎えてくれた母様に抱き着こうとして、メイドさんにお風呂に行くように諭された。

浄化してあるのに！

え、たしなみ？　すみません。


夕飯を食べて、居間で今日を振り返ったり、明日の予定を確認したりした。

途中で舟をこぎそうになり、ノクスに注意された。

「ほら、行こうセイ」

「うん」

屋敷の中を歩く時は手を繋がない。そこだけは新たなルールだ。

外では多少のお目こぼしがあって、師匠は見て見ぬふりをしてくれるけれど。

お互いの部屋の前に立って、お互いを見る。

「おやすみ、ノクス」

「おやすみ、セイ」

ばたんと同時にドアの閉まる音がした。部屋に入ると月明りが窓から床を明るく照らしていた。窓の外は暗いはずなのに、月の光で明るい。夜空を見上げて、カーテンを閉めた。

ノクスが隣にいない夜に、俺は少しずつ慣れていった。

慣れたといっても寂しいのには変わらない。今までノクスが寝ていた場所のシーツを撫でると冷たさに息を吐いた。

第一章　領民に拝まれる！

朝の支度は一人で終え、扉を開けると誰もいなかった。

廊下ってこんなに静かで長かっただろうか。食堂に入ると、先に座っているノクスに挨拶をする。

「おはよう、ノクス」

「おはよう。眠そうだな」

「ね、眠くないもん！」

眠い目を擦りながら言い張る俺に、ノクスはくすくすと笑う。対面の椅子に俺は腰かけた。

朝食のテーブルにはノクスだけ。二人で美味しい朝食を食べた。今日はクロワッサンとオムレツとベーコン、野菜サラダにジュースだった。料理長に感謝して平らげ、一息つく。ノクスも一口紅茶で喉を潤して俺のほうを向き、カップをソーサーに戻して口を開く。

「今日はギルドだね」

「うん。いい依頼あるといいね！」

「もう秋だから、収穫の依頼があるかもしれないよ」

「あー、父様がドヤ顔して領地に加護を与える前段階！」

「ドヤ顔？」

「こうだよ、こう！」

俺は目いっぱい、父の表情の真似をした。

「……ッ……」

口を押さえて顔を逸らして、笑いをこらえるノクスの肩が震えていた。

そんなにおかしな顔だったんだろうか。思わず頬を膨らませた。

「もう、ノクスひどい」

笑っているノクスは放っておこう。それでも用意された紅茶を飲み干すまでノクスは笑っていた。

「……そういえばパーティ名を決めていなかったね」

笑いの衝動がやっと収まったノクスはそう切り出した。

次に来た時までに決めておいてとギルド側から言われたのだ。

「なにがいいのかなあ……」

パーティ名かあ。俺にはネーミングセンスはなかった気がするなあ。

考え込んでいる俺の前にお代わりの紅茶が置かれた。温めたミルクとお砂糖も添えられ、俺はミルクをたっぷりに、お砂糖を少量入れた。ぐるぐるかき回してこくりと飲む。美味しい。

「普通はどんな感じなのかな？　適当？」

ノクスに参考になる例はないか聞いてみる。

「どうなんだろう？　神様とか昔の英雄とか、地元にちなんだものが多いんじゃないかな？」

「神様なら、宵闇《よいやみ》の神様と、月の神様にちなんだものになるけれど……」

「それなら月夜とかはどうかな？　セイにぴったりだと思うんだ」

「え、俺に？　夜が入ってるから、ノクスも関係ある、のかな？」

「うん。それに依頼者の夫人が月の君と夜の君って言っていただろう？」

「そうだね。神様そのままの名前じゃ恐れ多いもんね」

「月夜でいいかな？」

「同じ名前のパーティがいなければそれでいいかな！」

「じゃあ、その名前で登録しよう」

パーティ名が決まった。

俺たちは食後のお茶を終えて、クエストを受けに冒険者ギルドに向かうことにした。

ギルドに到着した俺たちは早速依頼の貼られている掲示板に向かった。見習いのランクの場所は混んでなくてゆっくりと選べる。

「どれにする？」

「季節もの？　それとも古いの？」

「古いのにしようか？」

ノクスの提案に頷いて、俺は視線を掲示板に戻した。

掲示板には銅貨一枚から大銅貨二枚くらいまでの依頼が並んでいる。文字が読めない人が多いから、大抵は依頼料の数字で選んで受付に聞くか受付で紹介してもらうかだ。

俺たちは読めるので、貼られているもので古そうな依頼から選ぶ。

【倉庫の整理】や【手紙の配達】【通りの掃除】【どぶさらい】、それから【魔石の魔力充填】等があった。新しいものは【収穫のお手伝い】だった。

「これが古そうだから、どうかな？」

ノクスが選んだのは【通りの掃除】。

「ええと、空き家の前の道の掃除、かあ。うん、これでいいよ」

ノクスが頷くと依頼書を剥がして受付に並んだ。混む時間を過ぎているからそんなに並んではいないけど。

順番が来て、ノクスがカウンターにギルドカードと依頼書を出した。

「すみません、この依頼を受けたいんですが」

受付の美人さんがにっこりと笑う。受付の人って美人が多い。

「通りの掃除ですね。……お二人はパーティで受けられますよね？　パーティ名が空白ですが決められました？」

「パーティ名は【月夜】でお願いします」

「【月夜】ですね。……重複はないようですので、登録します。掃除用具は貸し出しがありますので、必要に応じて借りてください」

借りるところは案内を主にしているカウンターらしい。

ギルドカードと依頼書を受け取り、カウンターに依頼書を見せて箒《ほうき》と塵取り、ごみを入れる麻袋を借りた。ごみはギルドのごみ捨て場に捨てていいらしい。

「行こうか」

「うん！」

ノクスの先導で、依頼の場所に向かう。もちろん師匠もいる。

「迷子になるなよ～」

師匠の声に、ノクスが俺の手を握る。

「迷子は困るからね」

「そうだね。仕方ないよね」

繋いでいる手にドキドキした。

顔、赤くなっているかな。フードを被っているから、ノクスには見えないはずだ。

「……まあ、内緒にしてやるかなあ」

師匠がぼそっと呟いたのは聞こえなかった。

担当の通りに到着した。依頼書に書いてあるのは広場から、魔の森方面へ向かって伸びる通り。城壁の存在しない領都を申し訳程度に覆う柵まで。

二年前に起こったワイバーンの襲撃。広場の被害に遭った建物は元通りというか、新品になって綺麗になった。道の向こうに見える柵は防衛戦があった場所だ。

俺たちは、襲撃の後は屋敷に籠もっていたから見る機会はなかったけれど。

「よし、始めようよ！」

「ああ」

俺とノクスは借りた箒《ほうき》を持って、枯葉やごみを掃いて集めていった。領都の中心部から柵に向かって、綺麗にしていく。

時折、通行人たちに『偉いね』『ありがとう』などと声をかけられる。

うちの領民はいい人たちばっかりだ！

「ここまでかな」

柵の近くまで来て手を止めて辺りを見る。ごみ袋はごみでいっぱいだ。

ノクスが依頼書を確認して、顔を上げる。

「終わったな。役所の担当者に確認をしてもらうから、私が呼んでくるよ。セイは師匠とここで待っていて」

「行くなら一緒に行こうよ」

「大丈夫。役所は近いから」

ノクスは駆け出して行ってしまった。

「いいの？　師匠」

「まあ、役所までくらいなら大丈夫だろ。この通りなら見通しがいいし、治安もいい。戻ってくるまで、休憩だな」

「はあい」

俺は柵に凭《もた》れ掛かろうとして、焼け焦げた跡を見つけた。地面は雑草で覆われていてそこには戦闘があった痕なんて見つからないけれど。

「師匠とトニ先生たち、ここで戦ったんだね」

「ん？　ああ、ワイバーンの話か？　あん時は慌てたぜ。ここで止めきれずに、セイアッド坊っちゃんたちがいるところまで逃しちまったからな」

「空飛んでたら、しょうがないよね」

「高台の物見櫓《ものみやぐら》くらいあっても、いいかもしれんな。大型の弓を備える手もある」

俺は柵から魔の森を見る。麦や野菜の畑が広がって、時折、作業をする農民の姿が見えた。刈り取り終わった畑もある。魔物除けの林がその畑の合間に点在する、長閑《のどか》な風景。

「そこは父様と相談かなあ。……守れてよかったね。師匠ありがとう」

「お？　おお。坊っちゃんもな」

「うん」

風が畑を渡っていく。俺の被っているフードがバタバタとあおられた。

風が涼しくて季節は冬に向かっているんだな。

「近い」

耳元でノクスの声がしてびっくりする。

いつの間にか師匠と俺の間にいた。振り返ると役所の人らしき青年が、困ったような顔で佇んでいる。

「確認しました。ありがとうございました」

環境課にいるという青年のサインをもらった。すぐに別れて、ギルドに報告に向かう。

「ノーちゃんはもう！」

「久しぶりに聞く。たまにはいいな」

呼び名が元に戻ってしまって、はっとして口に手を当てた。乱暴な言葉遣いもあんまりできていないから、時折ノクスに無理しないでいいといわれる。

迷子にならないように繋いだ手を強く握り締められて、微笑むノクスの顔が見えた。

最近、ノクスの笑顔が眩しい。

最推しが天使から、小悪魔になっている気がする！

冒険者ギルドで無事にクエスト終了の確認をしてもらい、報酬が払われた。

二人で山分けにする。

結局、クエストの報酬は使わずに貯めてある。ある程度貯まったら家族になにかプレゼントするんだ。もちろんノクスにも。

討伐クエストが受けられるようになったらもう少し増える。その時が楽しみだ。

「坊っちゃんがた、帰る時間だ」

師匠に俺たちは頷くと、帰路についた。

◇◆◇　◇◆◇

秋の本格的な収穫が始まった。

屋敷は丘の上に立っているから、庭から領都や農地が見渡せる。緑だった畑は刈り取られて土の色が見えている。父の出番だ。今日は屋敷から見える畑に豊穣の加護を与える予定になっている。

屋敷から出られないヴィンのため、皆で庭から見学することになった。

いい天気なので、ピクニック風にランチをいただく。母とノクスの両側から手を握られたヴィンが楽しそうだ。

そこは俺とじゃないの⁉

「始まるわよ。ほら見て」

母が父がいる畑を指し示した。空中に広がる巨大な魔法陣。それがゆっくりと畑に降りていき、地面に沈み込むようにして光る。緑の優しい輝きが畑を包み込むと茶色だった土の色が黒々とした土の色に変わっていった。肥料魔法だ。

「すごい！」

ヴィンが大興奮だ。思い切り両手で拍手をしている。

「ヴィンもできるようになるわ。ヴィンの髪と目の色は父様と同じ色だから」

母が目を細めてヴィンを見る。

「とうさまとおなじだから？」

ヴィンが首を傾げる。天使！

「父様は豊穣の神様からご加護をいただいているの。領民のために大地を豊かにする加護を収穫の終わった畑に与えるの。そうすると、加護のない畑より元気に作物が育つのよ。あのきらきらした光が加護ね」

「……よくわかんないけど、すごい？」

「そうよ。すごいのよ」

ヴィンは母に抱き上げられてきゃっきゃと楽しそうに声を上げた。まだ四歳だからなあ。仕方ないね。

魔力回復薬を片手に、屋敷から見える収穫後の畑に加護を付与し終え、父が戻ってきた。げっそりしていたが、ヴィンが駆け寄ると相好を崩した。

「ヴィン、父様の雄姿を見てくれたかな」

「とうさま、すごかった！」

きらきらとした瞳に父は胸を打ち抜かれたのか、抱き上げて頬を摺り寄せていた。

その日から、ヴィンは豊穣の神へ祈りを捧げるようになった。父に対する視線が尊敬を含んだものになっている。

魔力回復薬を片手にだけど、あの広い農地に加護を付与して回るのは大変だろうと、改めて思った。父は魔力量、かなり多いよね？

魔力と判明したきらきら。魔力視を発動して二人を見た。

「あれ？　ヴィン、魔力がかなり増えている？」

父は枯渇寸前まで頑張ったみたいで、あまり魔力がなかった。でも抱えているヴィンは輝きで、体が覆われてしまうほど。ノクスの五歳の時に近い魔力量だった。

「父様、ヴィン、ノクスと同じくらい、魔力あるかも……」

「え？」

父はぱちぱちと、瞬きを繰り返した。

今のところ、ヴィンはノクスのように熱を出したりはしていない。でも、暴発の危険はある。

「わかった。ストレーガー卿に相談してみよう。もしかすると、制御を教えることになるかもしれないな」

おじいちゃん先生に相談か。そういえば魔法文字を覚えようって課題、出されていたな。

俺には魔法文字が日本語に見えて、複雑な気持ちになる。

魔法文字を覚えて魔法陣をきっちり描く技術は、付与魔法や服に縫い込んで防御をするのにも役立つ。きちんと描けないと発動しないからね。マントとかに付与されているの、見たことあるし。

服に縫い込んでいざという時発動、なんてかっこいいよね。

ノクスがヴィンを眺めていたのに気付いた。心配しているように見える。

「ノクス？」

「うん？　なに、セイ」

「ヴィンが心配？」

「いや。ストレーガー先生も、私の魔力過多症を治してくれたセイもいるし、なんの心配もないよ」

「そう？」

「ヴィンがそうなら私の弟のエクラはどうだろうって少し気になっただけだよ。あとで手紙を書いて送って聞いてみるよ。多分、私という先例があるから対処はしてくれると思う」

「そうだね。手紙できっと知らせてくれるよ。再来年の春はヴィンたちの五歳の祝い式だし、その時に直接聞けばいいし」

「そうだな。熱を出して寝込んだって話は今まで聞いていない。杞憂だろう」

「うん」

父様と母様にかまわれているヴィンを見ながら、俺たちはそんなことを話し合った。

◇◆◇　◇◆◇

秋も終わり、もう初冬。ノクスの十一歳の誕生日だ。一並びでめでたいね！

この日に合わせてノクスのご両親から手紙とプレゼントが届いた。冒険者生活に役立つようにとこまごました便利グッズだった。

俺の分もあって、少し早い誕生日プレゼントだとノクスから手渡された手紙に書かれていた。色違いのお揃いな品物もあって俺は顔が熱くなった。昔は全然気にしなかったのに。むしろお揃いだ！　って喜んでいたのに。いや嬉しいけど、けどなんだか恥ずかしいのはなんでだろう？

俺からは相変わらずのリボンと防寒具。魔法陣の刺繍はまだ難しいからできないけど。

「ありがとう」

嬉しそうなノクスの笑顔は眩しい。作った甲斐がある。

誕生日ケーキはイチジクとリンゴのタルト。イチジクはドライフルーツにしてパウンドケーキも作ってくれたんだけれど、生でも美味しく作ってくれたよ。

今では厨房一丸となって美味しい料理やスイーツ開発に余念がない。マジパンで飾りも作ってくるしね！　皆でお祝いして楽しく過ごした。

そうだ。来年の春になったらヴィンも五歳だ。祝い式はそのまた次の年だけど、外に行けるよね？　ピクニックや王都にだって行けるかも！

楽しみだ！


年末に向かうこの時期、前世と同じで大掃除をする習慣がある。煙突の掃除やいらないものの整理など。雪が降る前に済まそうと、十一月は忙しい。

うちの領都にある教会は小さい。それでも領民の信仰を支える大事な教会だ。

この教会の主神は宵闇《よいやみ》の神と月の神、豊穣の神の三柱。大抵は皆主神に祈りを捧げる。うちの領では太陽の神は人気がない。元々月の神と宵闇《よいやみ》の神が主神だったからか、貴色は黒だとあちこちから聞く。

でも神官さんが一人しか常駐していなくて、領民の治癒や冠婚葬祭を一手に引き受けているんだ。ブラックだね。

だから領民が手伝いに来たり、安い清掃依頼を冒険者ギルドに出したりする。引き受けるほうは寄付のような気持ちでするんだそうだ。

フードは被っているけれど、被らなくてもいい。公爵領ではノクスは蔑視の視線を受けるけれど、うちの領都では被らないと拝まれちゃう。外に出歩けるようになってわかった事実だ。

領都での冒険者の仕事で、領民の皆さんが時々拝んでくる。そう、特に神職についているこの方。

「夜の君、月の君！　ようこそおいでくださいました。え、掃除？」

両手を開いてウェルカムな神官さんが固まった。

「助祭様？」

教会の清掃の依頼書を神官さんに差し出したノクスが首を傾げた。

「お、恐れ多い」

神官さん、依頼書を受け取ってプルプルしてるけど大丈夫かな。若く見えるけどお年寄り？　そんな長身痩躯の神官さんの長い髪はうっすら緑。豊穣の神の加護があるらしい。目の下の隈がひどいけど。

「仕事なので、指示お願いします」

きっぱりと言ったノクスに気圧されて、頷いた彼は申し訳なさそうに片付けと掃除を頼んできた。

「クリーンでいっちゃう？」

「それでもいいかな？」

普通は掃いて雑巾がけかモップがけってところだけど、水が冷たいので却下。

クリーンの魔法をノクスと二人でかけまくった。ピカピカになったところで神官さんを呼びに行く。神官さんは礼拝堂に入ると驚いた顔で目を見開いた。

「おお～～神気を感じます～～！」

「神気？　使ったのは浄化魔法なんだけど？」

俺が首を傾げると、興奮した神官さんが鼻息荒く言ってきた。

「空間に感じる魔力に神気を微かに感じます。加護が強いとたまにあるんです」

「そういうものなのか。初めて聞くな」

ノクスが首を傾げる。

「加護を研究している神職者ならもっと詳しく説明できると思いますが……私が感じられるくらいですから、お二人の加護は相当強いと思いますよ」

目を細めて礼拝堂を見回す神官さんはなんとなく神聖に見えた。

「……神に祈りを捧げる場所に、神気が満ちるというのは素晴らしいですね。神に感謝を」

手を抜こうと魔法に頼ったのに、こんなに感謝されるとは。

俺とノクスは顔を見合わせて苦笑した。

その時、礼拝堂にきらきらした光が降り注いだ。その光景は静謐で、神聖なものだった。

『ありがとう。夜の君も豊穣の神も感謝しているよ』

月の神の声が久しぶりに頭に響いた。

ノクスを見ると驚いた顔をしている。もしかしてノクスも宵闇《よいやみ》の神の言葉を聞いたのだろうか？

「こんなことが……」

声の聞こえていないはずの神官さんが呆然として呟く。

光はしばらく降り注ぎ、三柱の像の足元にある水晶が煌めいて消えた。

「神よ。感謝を捧げます」

祈りを捧げる神官さんの姿も一瞬緑の光に包まれ、消えた時には髪の色が濃くなっていた。

「私は職業柄、神の気配にはなじみがありますが、今日ほど感じたことはありません。月の君、夜の君、感謝いたします」

神官さんは感激した様子で評価をマックスにしてサインをくれた。


「なんだかね。ロアール領に来てよかったなあって思う」

ギルドへ向かって歩き出すとポツリとノクスが呟いた。

「そう？　そう言ってくれると嬉しいな！」

迷子にならないよう、繋いでいる手に力が籠もる。

「坊っちゃんがた、急がないと暗くなるぞ」

師匠は夕暮れの空を指し示して俺たちを促す。冬は日が暮れるの早いからね！

「はーい！」

「はい！」

俺たちは少し駆け足になってギルドへ急いだ。

◇◆◇　◇◆◇

雪が降り始めた、十二月。

俺は十一歳の誕生日を迎えた。俺の好きなイチゴとベリーのショートケーキが誕生日ケーキだった。

ノクスのプレゼントは今年もリボン。髪は伸びて腰に届くくらいになり、その長さで揃えて切っている。ノクスのリボンで、後ろで一つに結ぶのが定番スタイルだ。髪が長いと手入れが大変で、たまにメイドさんに手入れをされる。そのために前世で美容院にあるようなシャンプー台を作ってもらった。お風呂に一緒に入るのは無理だからね。母にも感謝された。

ノクスの髪はいつも艶々なんだけど、ノクスもメイドさんに手入れされているんだろうか。

楽しい誕生日パーティを終え、ノクスと食後のお茶を居間で二個目のケーキとともにいただく。まあ、食後を居間で過ごすのは、いつものことだけどね！

窓枠には雪が積もっていて、ちらちらと舞う雪はまだ止む気配はない。前世でいえばホワイトクリスマスだ。

「そろそろ領都の広場に行って新年迎えてもいいと思うのに」

年末年始に行われる収穫祭は、また部屋でお留守番なことに口を尖らせた俺を見て、ノクスがくすくす笑う。

「そこは、まだ子供だから夜中に出歩かせたくないんじゃないかな」

「十一歳になったのに、まだ子供かあ」

「宣言はまだだけどね」

「もうしないって言ったじゃん」

「うーん、今年からないのは、ちょっとそわそわする」

「え、なんで？」

「あるべきものがない感じだからかな？」

「……しないよ？」

「残念だなあ」

「もう、からかってるでしょ！」

「あははは」

ノクスが口を開けて笑っている。

こんなノクスが見られるのは嬉しい。ゲームのノクスは、無表情で思いつめた顔か、苦しそうな顔ばっかりだったから。

「どうしたの？　顔が緩んでるよ？」

ノクスの言葉に、自分がにやついていたのがわかった。

「ノクスが笑っているからつられたんだよ」

「そういうもの？」

「そういうものなの！」

パクっと残りのケーキを口に入れた。ごろりとした苺は酸味と甘みのバランスがよく、しっとりしたスポンジの甘さと乳脂肪分の多い生クリームとの相性が最高にいい。

「美味しーー！」

「さっきも言っていたのに」

くすくすと笑うノクスが尊い。

「美味しいものは美味しいと言わなきゃダメなんだよ！　というか、ダメとか以前に口から言葉が出ちゃうよ！　美味しいもん！」

「確かに料理長の料理はどれも絶品だけど」

「はー、誕生日は苺のケーキを堪能できるから、ほんと幸せ」

「そうだね。改めて誕生日おめでとう、セイ」

「うむ。くるしゅうない」

「突然、なに？　それ？」

「ちょっと偉そうにしてみた。王様だったらこんな感じなのかな？」

口の中のケーキの残りを味わってから、紅茶を飲んだ。

はー、美味しかった！

「今日は誕生日だから、セイが王様ってことかな？」

「うむ。余は満足じゃ」

ゆっくりと頷くと、ソファにノクスが顔から突っ込んで肩を震わせていた。もう！

宣言はやめたけれど、翌朝ばっちり積もっていた雪の裏庭で恒例のゴーレム作りと雪合戦に興じた。ヴィンも大きくなってきて、握る雪玉の硬度が……

え、ちょっと待って、雪玉大きくない？

え？　なんでノクスが横で雪玉作ってるの？

ヴィン、お兄様にそんな攻撃は……！

結局、集中攻撃されて俺は雪まみれになった。ヴィンとお風呂に入り、一緒にお昼寝する。

ノクスは一緒に寝られないので、どうやら騎士団の厩舎に行ったみたい。俺と違って馬の世話を積極的にしているからか、乗馬の上達が早かった。

春には練習を再開して、上手に馬に乗れるようになったら森での採取依頼を受けてもいいと師匠が言った。ずっと領都の依頼を受けていて真面目にこなす様子に、問題はないと両親や師匠が許可を出したのだ。

今は雪だから練習はできないけれど、春がとても楽しみだ。

◇◆◇　◇◆◇

新年のお祝いの夜をノクスと過ごすようになって六年。

いまだ領都の収穫祭に行けていないし、去年から距離を取れと言われているから、今回は屋敷の広間で新年までの時間を過ごす。部屋で二人きりで、鐘を待つことはできない。

師匠は騎士たちと警備に回っているし、父と母は領都の広場だ。

ヴィンは前よりも起きていられたけれど、舟をこいでいたのでメイドさんが回収して、部屋に寝かせに行った。

料理長がそわそわと俺の顔色を窺っているのが視界の端に入る。

俺が前世を思い出してから、料理長には無茶振りをしてきた。料理長のアグレッシブな姿勢があったからこそ、数々の前世での料理の再現を可能にした。

もちろん原材料の開発は父のチート能力のたまものだし、農業の研究者たちの情熱にも感謝している。そこはやらかしているという自覚が俺にもあるので、料理長のなにか言いたげな様子は気になった。

「お菓子のアイディア？」

聞いてみると、父にも無茶振りをされているようだ。王族やらほかの貴族やらを相手に社交シーズンにレシピを売っているんだけれど、常に新しいものが求められているそうだ。

そりゃあ、そうだよね。そこで前世で流行った女子に人気のデザートを、思いつく限り並べていった。アフタヌーンティーやらなんやらだ。

「カフェ？」

そう言って料理長が首を傾げた。ノクスもだ。

「え、お茶とお菓子が楽しめるお店ってカフェって言わないの？」

そこにいた使用人全員が首を傾げたから、この世界にはないものらしい。そういえば、コーヒーはなかった気がする。

そもそも、砂糖が貴重品だったよ！　今思い出した。

「セイだから仕方ないね」

ぽつりとノクスが言った言葉に、俺以外がうんうんと頷いていた！　ひどい！

そんな話をしていると、新年の鐘の音が響いてきた。

「新年おめでとう！」

皆で飲み物のグラスを掲げて乾杯。もちろん俺たちはジュースだけれど。

使用人の皆はこれから盛り上がるけど、俺たちは部屋に戻って寝ることにした。

部屋の前で立ち止まってお互いを見つめる。

「おやすみ、ノクス」

「おやすみ、セイ」

バタンと二つの扉が閉まる音が響いた。

なぜだかそれが無性に寂しく感じる自分に、戸惑いながら眠った。

翌朝、遅めに起きた俺は朝食を食べに食堂に来た。先にノクスとヴィンがいて、早いな〜と思いながらテーブルに着く。

「今日は、料理長が新作を出してきたよ」

ノクスがくすっと笑ってテーブルの上の皿を示す。

皿の上にはパイ生地の器に卵と具が詰まった美味しそうな料理が載っていた。

キッシュだ！　昨夜話したキッシュが出てきた！

席に着いた俺にも、湯気を立てたキッシュが運ばれる。

「美味しそう〜」

ナイフを入れると、パイ生地と卵生地の中からほうれん草やベーコンが現れた。

その一口分をフォークで掬って口に入れる。

熱々だから火傷しないように頬張ると、ジワっとしみ出る玉ねぎとベーコンの甘み。ふわふわな卵生地が味のバランスをとって、さくっとしたパイ生地がアクセントとバターのコクを伝えてくる。

「美味し〜！」

扉の陰にいた料理長に親指を立てて、ニコッと笑う。

嬉しそうな料理長が戻っていった。

やっぱり料理長はすごいね！

「セイ、今のは行儀よくないよ？」

「さすがに僕も思う」

ヴィンと一緒に言われた。ダメ出しは、食べた後にしてください。

雪解けの音が聞こえてきた三月。

川は水かさが増え、屋根からは雪が落ちる。雪に覆われた畑や道にも新芽が顔を出す。

「よおし、ブランクがあっても乗れるようになってんな」

「やったー」

「セイ、危ないよ」

おっと。いけないいけない。ついはしゃいでしまった。

騎士団の魔馬の訓練コースで、俺とノクスは乗馬訓練の仕上げをしている。

もちろん、乗れるようになってからも訓練は続く。

ノクスは涼しい顔で横に並ぶ。

「これでなんとか、採取依頼は受けられそうだね」

「うん！　よかったぁ」

「ほら、坊っちゃんがた、厩舎に戻して手入れまでが乗馬だからな」

「はーい！」

「はい」

今は騎士団所有の魔馬に乗っているけれど、いずれは自分の魔馬が持てるのかな？

乗せてくれた魔馬の手入れをしながら、そんなことを考えた。


ちょっとぬかるんだ道を転ばないように気をつけながら、冒険者ギルドへの道を進む。雪が解けきっていないので、採取依頼はもう少し先だ。

「足元気をつけてね、セイ」

「うん」

俺が浮かれ気味に歩いているのがわかったのか、手をぎゅっと握ってノクスが釘を刺してくる。

「滑りやすいからほんと気をつけろー」

棒読みで師匠からも注意される。

俺とノクスは顔を見合わせて笑い出しつつ、ゆっくりと歩いた。

雪解けのために泥で汚れた石畳の道の掃除の依頼を引き受け、生活魔法の給水で道の泥を流していく。泥の靴跡や荷車の跡などが固まって石畳にこびりついていた。

綺麗に流し終わったら終了のサインをもらい、ギルドへ戻って終了報告をした。

報酬をもらって帰ろうと思ったけれど、まだ時間が早いので常時依頼の薬草採取の紙を見る。

「ポーションの材料とか、毒消しに必要な材料かあ」

「こういう依頼って薬師が採取まで行くのは負担になるからかな？」

俺とノクスが話していると、師匠がさりげなく背後に来た。

「まあ、それもあるが低ランクの小遣い稼ぎ的な部分もあるな」

師匠が解説してくれた。師匠も依頼の紙を見ている。

「あ、そうか」

「私たちみたいな、見習い用ってことか」

「ランクの高い魔物がいるところに生えるような、希少な薬草は違うけどな」

それは高ランクの仕事だと師匠は言外に言う。こういうところ、師匠は意外と細かい。

「そういうのは俺たちじゃダメって依頼でしょ？」

「もっと強くならないとダメってことだよね」

「まあ、そういうことだ」

下見は済んだので、ギルドを出て帰路についた。


勉強や鍛錬、魔法の訓練に日々が過ぎていく。

そんな中、ヴィンの五歳の誕生日が来た。お祝いはワイバーンのぬいぐるみ。受け取る時、ちょっとヴィンが引き気味だったけど……

舌足らずだったヴィンも大分しっかりした話し方になった。勉強も始め、鍛錬にも本格的に参加している。

「僕、父様のような魔法、がんばっておぼえるんだ」

それを聞いた父が号泣していた。

俺は豊穣の神の加護じゃないから、あれはできないんだよな。

ヴィンに魔力の制御を教えるかは、まだ検討中のようだった。

王都に出発する父を見送ってぐずるヴィンを宥めたりした、その次の日。

「とうとう来た、採取依頼！」

手続きはなくても、ギルドで買い取ってもらえる常設依頼の薬草採取に俺たちは出かけた。近くの森で、魔物に遭遇する心配のないところを選び、魔馬を降りて中に入った。

それほど大きな森ではなく、いるのも小動物ばかりだった。花畑もあって花を摘んではしゃぐ子供の声も聞こえる。それを横目で見ながら、図鑑片手に薬草を探した。

「結構難しい」

探し回っても見つからない薬草。ヒールポーションの原料のヒール草。安直な名前だね。

「生えているところは木の根元、だって」

「これかな？　セイ」

「ええと……あ、それだ！」

前世で見た大葉に似ている。匂いを嗅ぐと、レモンっぽい匂いがした。

「摘み方は葉の根元の茎を一センチくらいのところで切るって」

「こんな感じかな？」

ノクスが摘んだヒール草を見せてくる。持っていた図鑑に視線を落として見比べる。

「これと比べて……うん。大丈夫！」

「よし。五枚一束で括って……」

「できたね！」

その場所では五枚しか採取できなかった。五枚でひと単位、二十銅貨。

それでも初めての採取依頼を達成できたのは嬉しい。

「冒険者って気がする～」

「そうだね」

ノクスが微笑んでくれた。笑顔が眩しい。日が傾いていたので薬草を入れた麻袋を腰にくくり、魔馬に乗った。領都まではそんなに時間はかからない。ギルドで手続きをして薬草を納めた。

「次はもっとたくさん採りたいな」

「近場は難しそうだね。ほかにも見習い冒険者っぽい子たちがいたし」

「まあ、焦るなよ。十二歳のスキル授与まで我慢だ」

師匠の言葉に俺たちは素直に頷いた。

「はーい」

「はい」

初めての採取依頼はこうして無事終わった。


料理長が父に付いて王都へと行ってしまったので、屋敷の料理は料理長麾下《きか》の料理人が頑張っている。

前菜が得意な者、メインが得意な者、デザートが得意な者など、得意分野でレシピ開発競争が熾烈に行われているそうだ。料理長が認めたレシピは正式採用され、俺たちに饗《きょう》される。その中でも評判がよかったものは王都でレシピ売買され、その開発者には金一封が出るのだ。

開発に使われた材料費は伯爵家で賄い、もったいない精神で失敗作も食べられるものはちゃんと皆で消費する。

俺にもノクスにも回ってきて、感想を聞かれる。今日はデザートが得意な料理人がやってきた。

勉強の合間のティータイムだ。ヴィンはお昼寝時間で今回は夜に完成品を、という予定だ。

通常は完成されたお菓子が並ぶけど、今回はパティシエ（俺が迂闊にデザート専門はパティシエっていうよね！　と言って以来、そう呼ばれている）の五人が試作品を持ち寄っている。

米に似た穀物のオリュゾンが父様のチートにより根付き、さらには品種改良されて今ではエステレラ全土にレシピとともに広がった。原産地はすべてうちなので、父の目が金貨になってしまうのは仕方ない。

その中で突然変異なのか、偶然もち米ができたんだ。試食した時にぼたもちの中身的な味だった。餡子も開発したから、安定した収穫が得られてからこんなのは？　とお赤飯と、ぼたもちを披露した。潰して餅にするとか、粽《ちまき》とか、おこわとかも提案したよ！

普通の米は米粉にしてお団子やお煎餅の提案もした。

あとお酒。エールができるなら似たようなことはできないのかな？　と言ったらお酒好きな人たちが頑張ったみたい。

それからチョコレート。気候が合ってないから根付かないかと思ったんだけど、父のチートで結局解決。豊穣の神の加護がすごい。色が赤い品種も入ってきてそれが栽培が難しい品種だった。父のチートでもなかなか上手くいかなかった、ルビーカカオ。やっと食べられる。

俺の前世でも開発されて普及したのは平成の終わりごろになってからだと思う。

チョコレートを作るのはとにかく機械じゃないと大変。だから魔道具の開発が上手くいったのが肝だったんじゃないかな。

砂糖も同じで、上手く製糖しないと白くならないんだよね。黒砂糖や三温糖のほうが体にはいいけれど、お菓子作りにはやっぱり白い砂糖だ。魔道具を作ってくれた魔道具職人には頭が上がらない。

一つ目はもち米を使ったケーキ。

え、これすごい。小麦の代わりにもち米で作ったんだ。バニラビーンズの香りと牛乳のコク、コメの甘みと、ドライフルーツの甘みと酸味のすごいハーモニー！　ふんわりとしてるのはメレンゲを使ったからかな？　アーモンドの食感も効いてる。すごいなー。

二つ目はチョコレートケーキ。

普通のチョコレートとルビーチョコレートの同じ製法の二種類のケーキだ。生クリームが添えられている。これってトルタカプレーぜってやつじゃない？　小麦粉を使わないケーキ。

普通のほうはアーモンドとくるみ、ルビーのほうはアーモンドとお酒漬けのダークチェリーが入っている。あ、これ酔いそう。ちょっとだけにしよう。

三つ目はルビーチョコレートのケーキだけど、ドーム型でムースとガナッシュ、スポンジ台の三層のケーキ。中にはラズベリーとダークチェリー。上のトッピングは生クリームにブルーベリーとラズベリー。飾りにミントの葉。

酸味が引き立って甘さが控え目な大人のケーキ。大人用ならサバランを台に使ってもいいね。

そういえばビートリキュールって開発されていたはず。それを使えばロアール産ですべて賄えるよなあ。元々ラム酒ってサトウキビからできているものね。

四つ目はなんと金平糖。見た目も味もそのままだった！

でも、あとでこれはスターライトシュガーって名前にしたらしい。トゲトゲが星のようだからだ。

砂糖の塊で見た目もカラフル、味も上品だから高額商品になった。

父の目から金貨がじゃらじゃら出そう。

五つ目は蜂蜜を使ったケーキ。

蜂蜜を練り込んだクッキーをミルクレープみたいにしてある。

あれ？　ロシアの伝統的ケーキに似てるよ？

間にはサワークリームを使ったクリーム。冷たいってことはこれは冷蔵庫で寝かせたのかな？

生地にしっかりとクリームが馴染んでいるし、ロアールの特産品を使う姿勢が素晴らしいね！

「どれも絶品でした！」

「美味しかった」

俺とノクスが満足して言うと、パティシエさんたちが小躍りして喜んでいた。

後にもっと美味しくなってカフェに並んだそうだけど、俺は貴族学院に入学するまで知らなかった。ひどいよね。

ちなみにこの時試作したパティシエさんたち五人は、後に俺たちが知らぬ間にできた王都のカフェに引き抜かれていった。

試作品は俺が主に審査員だから、貴族学院に入ると王都の屋敷に出入りするようになった。たまに交代で貴族学院の寮に来る料理人のメンバーはこの時の五人。

ロアールはほんとに人材に恵まれてるよね。


手芸の時間の合間、お茶の時間に昼寝から起きたヴィンがやってきた。

「兄様」

ノクスは剣術の稽古で、騎士団の詰め所に師匠と一緒に行って今はいない。

メイドさんがヴィンの分のジュースを用意しに行った。

「うん？」

「僕、父様のようになれるかなあ」

「なれるよ。加護もあると思うし」

「かご」

「うん。父様と同じ色の目と髪だろう？　同じ神様の加護だと思う」

「兄様はつきのかみさま？」

「そうだよ。月の神様」

「どんなかごなの？」

「うーん、来年のスキル授与にならないとわからないなあ。すごく珍しい加護だから」

「そうなのかあ。ノーたん兄様はどんなかごなの？」

「多分、宵闇《よいやみ》の神様の加護だから癒しかな？　夜は寝て体を癒すだろう？　癒しの力を持っていると思う」

「よるのかみさま？」

「そう、夜の神様」

夜の君。街の人はそう言っているし、月の神もそう言っている。

ゲームでは魔王になったけれど、宵闇《よいやみ》の神イコール魔王じゃない。

「夜の神様と月の神様は番《つがい》で、月の神様の眷族神《けんぞくしん》が豊穣の神様なんだよ。俺たちの加護の神様は仲よしなんだ」

「そうなんだ！　嬉しい！　あ、でも、僕のかごが父様とおなじってまだわからないよね？　かごがわかるのっていつ？」

「十歳の誕生日の翌春だね。ちょっと先だけど、そのためにいっぱい勉強して体も鍛えないとね。それからお祈りをするといいかもね。豊穣の神様に」

「うん、僕がんばる！」

両手をぎゅっと握ってきらきらした目で俺を見るヴィンは天使だ。そして俺たちの話が終わったタイミングで二人分の飲み物を差し替えたメイドさんのスキルはすごい。

それからお菓子を二人で堪能して、ヴィンはお付きのメイドさんに連れられてお勉強しに部屋へ戻っていった。文字を教わる時間だって。

俺は残りの手芸の課題だ。次のマナーの授業の時間までに仕上げないといけない。メイドさんには下がってもらって一人になる。

今日はハンカチに刺繍。大分上手くなって図案通りに刺せるようになった。

夢中で刺しているとふっと手元が暗くなる。

顔を上げるとノクスがいた。

「もう暗くなっているよ、セイ。目が悪くなる。灯りをつけたほうがいい」

「え？　あ、ほんとだ」

窓を見るともう夕暮れで、空がオレンジ色になっていた。

「そう、ハンカチ。図案は課題の花。一応薔薇《ばら》なんだ。花は基本の図案なんだって」

「ハンカチ？」

「できあがったらどうするの？」

「うん？　自分で使おうかな？」

「私にくれないの？」

「え？　だって、これ、授業の課題だよ？　それに薔薇《ばら》の花だし……」

「セイが手で刺したものなら、欲しいな」

「うーん、じゃあ、できたらあげる」

「ありがとう。嬉しいよ、セイ」

満開の笑顔に心臓が跳ねる。ノクスの笑顔は最近心臓に悪い。ドキドキして、しばらく治まらない。

「もうそろそろ、夕飯の時間だから、片付けたほうがいい」

「あー、そうだね」

ノクスがランプをつけてくれた。針が落ちてないか確かめて、俺は手芸道具を箱に仕舞う。刺しかけのハンカチは籠に入れて一緒に俺の部屋に仕舞いに行く。ノクスが道具箱を持ってくれた。

「軽いのに」

「ハンカチがもらえるんだから、少しは役に立たないとね」

「ありがとう」

部屋の前で道具箱を渡してくれる。

「着替えてくるから、一緒に食堂に行こう」

「うん。じゃあ、着替え終わったら声かけて」

バタンと同じタイミングで扉が閉まる。

最近のノクスは背も伸びて可愛いというよりかっこよくなってきた。だんだんゲームのノクスに近づいてきている。

かっこよくなるのはいいんだ。いいんだけど、俺の心臓がなぜか苦しくなるのでとっても困る。手芸の道具を片付けてベッドに座った。

もう、ノクスがこのベッドで寝ることはない。そのことに最近やっと慣れた。オメガだ、アルファだっていうのは全然実感がわかない。

成人した前世の記憶があるのに、気持ちは肉体年齢に引っ張られている。なんで、一緒に寝ちゃだめなんだろうって、心の中で騒ぐ俺がいる。

大人になんてならなければノクスは魔王にならないし、ずっと一緒にいられるんじゃないかってバカなことを考える。

もやもやした気持ちは少しずつ大きくなって、なにかで吐き出したくなる。

「そうだ、明日は剣術と弓術の訓練だから、思いっきり魔弓打たせてもらおう。そうしよう」

ぐっと拳を握って決心していると、ノックが聞こえた。

「セイ、支度できたよ」

「うん。今行く！」

扉を開けると、訓練着から普段着に着替えたノクスがいた。少し髪が濡れているから、シャワーを浴びたんだろうか。ノクスからふわっといい匂いがする。

この匂いに安心するけど、ちょっとドキドキしてしまう。

「お腹空いたな。今日はなんだろうな？」

「焼き魚とオリュゾンがいいなあ」

「私は肉がいい。がっつり食べたい」

「ノクスは体動かしてたから仕方ないね。俺はお菓子食べたからそんなに空いてないんだよね」

「……私も食べたかった」

「デザート大盛りにしてもらえばいいよ！」

そんな風に食堂まで楽しく話をした。今はこれで充分なのだと自分を納得させる。

でも翌日、魔力切れ寸前まで魔弓を打ったのは仕方ないと思うんだ。

第二章　ヴィンとエクラのお披露目会！

暑い夏を越え、王都から戻った父様の肥料撒き行脚《あんぎゃ》もといい、加護の魔法付与行脚《あんぎゃ》にヴィンと母がついていったり、料理人が増強されて厨房がえらいことになっていたりした。

焼き芋が美味しくて食べすぎちゃったり、輸入したカカオに交じってコーヒー豆も見つかったりして、瞬く間に時が過ぎる。

『おめでとう。私からのスキルのプレゼントだよ』

十二歳の誕生日の朝、月の神の声が響いた。

いつの間にかステータスプレートに刻まれた、俺のスキル。月属性の魔法。月に見立てた鏡を顕現する特殊魔法。

ほかにも、弓術、馬術、剣術、身体強化、索敵（マップ）、隠形《おんぎょう》、支援魔法。生活魔法に四属性魔法（防御寄り）と聖属性魔法（月の神の加護による治癒術もこれ）。転生チートなのかアイテムボックス（収納スキル）と鑑定もあった。

地図スキルは索敵と統合されて、「星宵《ほしよい》」のＲＰＧモードのマップみたいなスキルになった。

マップに赤い光点が現れるとそれは俺に敵意を持つ者、つまり魔物になる。鑑定スキルで光点を見ればなにがいるかわかる。

ノクスも誕生日の朝にいろいろ授かったと言っていた。確か、剣術、体術、攻撃魔法関連だ。二か月近く差があるから、使いこなし始めているノクスがちょっと羨ましい。

「ブルル」

「よーし、クロ。ほら気持ちいいだろ？」

ノクスには公爵が、俺には父がそれぞれ誕生日に贈ってくれた魔馬。あまり来なかった厩舎だけど、自分の魔馬がいると違う。基本的な餌やりは厩舎専属の飼育員がやってくれるけど、面倒を見なければ信頼関係は結べない。なのでこうして手入れをしている。洗ってあげたら嬉しそうに鳴いているし、毛がピカピカだ。

全身真っ黒だから『クロ』と名付けた。安直だって？　ネーミングセンスのことは自覚している。まあ、なんでそんな名前をとは言われたよ。言われたけど……

ノクスの乗っている魔馬は白馬で鬣《たてがみ》と尾だけが金色だ。名前は『ルー』。光にちなんでつけたとかなんとか？　色が互いの色を交換したような馬でびっくりなんだけど。

父たちのにやけた顔が見える感じ。基本的にお互いが好きな色になっていると言えなくもない。

そして魔馬たちは仲よしだ。クロが牡《おす》で、ルーが牝《めす》。

「もしかしたら番《つがい》になるのかな？」

「ふふ。そうしたら私たちと一緒になるのかな？」

「……な、な、なに言ってるの？　ほら、俺はアルファになるんだって」

頬が熱い。ノクスは常に口説いてくる。不意打ちも結構あるから俺はいつも慌てる。

「そうだね。私がオメガになる可能性もあるし」

「えっ……そ、それはないんじゃないかなあ？」

ゲームの通り、ヒロインと結ばれるんだったらオメガじゃ無理だし、そこはやっぱりかっこいいアルファになるんじゃないのかな？

「そうかな？　まあ、私は、とにかくセイと一緒にいられればなんでもいいと思っているよ」

ドキンと心臓が跳ねた。

「い、今だって一緒にいるじゃん……」

今日だけじゃない。何度か繰り返されるこの問答。

まっすぐ俺を見るノクスの瞳は真剣で、その気持ちは痛いほどわかる。

わかるけど、それを俺が受け止められるのかどうかっていうのは、正直わからない。

男なのにって気持ちと、ノクスとずっと一緒にいたいって気持ち。

最推しで、ラスボスになるのを防ぎたいという一番強い気持ちとのせめぎ合いが俺を戸惑わせる。

五歳児の時みたいになにも考えないでわちゃわちゃできるといいのに。

「ブルル」

あれ？　なんか生温《ぬる》いものが……頭に？

「セイ、クロに髪の毛を……クロ、それは食べ物じゃないから、こっちのニンジン食べなさい」

髪の毛がクロの涎《よだれ》で、べしょべしょになった。

「うう。浄化……」

浄化で髪を綺麗にしてがっくりと肩を落とした。

「わかった。ルーもだな。お前たちの世話がおろそかになっていたよ。悪かったな、よしよし」

ノクスは甘えてくるルーの鼻面をそっと撫でた。

俺も鼻先でツンと頭を突いてくる、クロの鼻面を撫でた。

「クロ、ごめんね。ブラシかけるから、こっちで大人しくして」

クロの毛艶がますます輝いた。クロは鼻から思い切り息を吐いて自慢げだ。

「よしよし、また乗せてくれよ」

チュッとクロの鼻の頭にキスした。

ノクスがすごい目でクロを見た。あーもー！

「ノクス、ルーにもっとよしよししなきゃ」

「……う。ルー、いい子」

ノクスもルーにキスして険のとれた目で俺とクロを見た。

「よし、終わりだね！　戻ろう」

「ああ」

ノクスが横に並んで、屋敷へ一緒に歩き出す。厩舎から屋敷への道は静かだ。騎士団の詰め所は屋敷とは反対側だからだ。屋敷から丘を降りた森の側にある。

木立の間の緩やかな坂道を二人で歩いた。今は俺たちの側に人はいなかった。ちらっと周りを見て俺は立ち止まる。

「ノーちゃん、クロ睨んじゃだめだよ？」

「え？」

ちゅっと掠めるように頬にキスしてニコッと笑った。

「ね？」

ノクスは頬に手を当てて驚いた顔でぽかんとしている。

「……ほら、早く帰ろう。お腹空いたよ」

俺はノクスの手を引っ張る。するとその手が俺の手をぎゅっと握って、逆に俺を引いた。

「今日はいい日だな」

「そう？　確かに今日は青空だけど」

「うん。あとでクロにはごちそう持っていこう」

「変なもの食べさせないでよ？」

「もちろん」

ノクスは満開の笑顔でそう言った。


ステータスカードに戦闘用のスキルが顕現して、見習いから正式な冒険者にランクアップした。

「師匠！　冒険者はダンジョンだよね？　ダンジョンは？」

「ダンジョンはもっとランクが上がらねえと。待てよ……ふむ。いいかもしれんな。魔の森は魔物のランク高《たけ》ぇからな。ロアールのダンジョンは騎士団の管轄だからちょっと聞いてみるわ」

「師匠、ダンジョンに？」

ノクスが心配そうな顔で俺を見る。しまった。はしゃぎすぎた。

「ま、とりあえずは坊っちゃんがたにふさわしい、Fランク依頼をこなさねぇとな！」

そんな話をしてからしばらくして師匠が『ダンジョン行く許可を取ったぜ！』って自慢げに言ってきた。

俺は飛び上がって喜び、ノクスに生暖かい目で見られた。

「これで慣れたら、魔の森もいけるだろう」

師匠がぎらついた眼をしている。

ロアールのダンジョンの記録を調べたらFからDランクの魔物が出る初級ダンジョンで、素材的に冒険者に旨味はないようだった。だから定期的に騎士団が討伐に入って、魔物の氾濫《スタンピード》を抑えているという話だった。初心者向けで冒険者ギルド管轄じゃないから許可が下りたってことかな？

そして今日、騎士団の護衛付きでダンジョンにやってきた。

「セイ、肩に力が入っているよ？」

「あ……ダンジョンに入れるって思ったら、つい」

ノクスが俺の興奮度合いを心配してくれた。確かに力みすぎていたかもしれない。深呼吸して力を抜く。クロとルーは入口で警護する騎士たちに預けて、師匠と騎士四人の警護付きで中に入った。

異世界らしい、洞窟のようなダンジョンで俺のテンションが上がる。

「まさに冒険者って気分だね！　ダンジョンは」

「セイはダンジョン攻略に憧れていたの？」

「そりゃあね！　わくわくしない？」

「セイがわくわくするならするかな？」

「がんばろう！」

「ああ。可愛いね、セイ」

「え？」

「あ、スライムが」

「スライム！」

俺は初スライムに浮かれて短剣で斬りかかった。後ろで師匠とノクスがなにか話していたけど、それは聞こえなかった。

パシュッと音を立ててスライムが消えた。あとには小さな魔石。ドロップアイテムはなかった。

「見て！　俺スライムやっつけたよ！」

魔石を手に掲げてノクスたちの元に戻る。騎士たちの目が生暖かかった。

三層まで探索して入口に戻る。主に俺が攻撃して、危ない場合と複数の敵にはノクス、それでも多い時は師匠や騎士が参戦する形をとった。一番戦闘に慣れてないのは俺だからだって。

ダンジョンを出るともう夕方だった。野営して朝に戻ることになる。

「どうだった？　ダンジョン」

「満喫した！　もっと腕が上がったら、深いところまで行きたい」

「貴族学院ではダンジョン演習があったはずだから、行けるかもね」

ノクスがふわっと微笑む。

その笑顔に胸がきゅっとする。それは一瞬で、すぐダンジョンに気持ちが向かう。

「そうなんだ。それは楽しみかも」

俺は楽しみで浮かれて頷いた。騎士たちはそんな俺たちを見守りながら野営の準備をしている。

皆ありがとう。俺たちは師匠と一緒のテントで休んで、屋敷に戻った。

◇◆◇　◇◆◇

社交の季節になった。

今年は両親とヴィン、俺とノクスもウースィク公爵領に揃って行く。

ヴィンのお披露目式だから俺たちも一緒に祝うのだ。

その後は両親は王都に、ヴィンと俺たちはロアールに戻るつもりだったんだけど……

ヴィンは初めての遠出に、興奮を隠せない様子だ。窓を見たり、父に話しかけたりでめちゃめちゃ可愛い。領境の山道に差し掛かると、いつものごとく師匠が魔物を蹴散らした。

「すごい！」

その雄姿を見て、ヴィンは声を上げた。魔物に怯えずきらきらとした目を師匠に送るヴィンに、師匠は照れた顔を見せた。意外だった。ヴィンが天使すぎるせいかもしれない。

公爵邸に着くと、公爵夫妻と使用人たちに迎えられて屋敷に入った。エクラはお付きのメイドさんと応接室で待っていて、真っ先にノクスに抱き着いた。

「兄上！」

「久しぶり。元気だったか？」

「げんき！」

「エクラ、俺もいるよ？」

「セイ兄様！　こんにちは！」

「こんにちは」

ほわんとした気持ちになるなあ。エクラは天使だ。

「エクラ君、セイの弟なの。紹介するわ。ヴィンアッド・ロアールよ」

エクラがきょとんとした顔をして、両親の間にいるヴィンに目を向けた。

ヴィンはちょっと惚《ほう》けた顔をしていたけれど、はっとした顔をしてエクラに向けて微笑んだ。

「ヴィンアッドです。なかよくしてください」

「エクラです！　よろしくね！」

畏まったヴィンにエクラは無邪気に返すと、ヴィンの手を握って引っ張った。

「追いかけっこしよう！」

するとすぐにテラスに続く大きな窓から庭に飛び出していってしまった。もちろん、メイドさんが追いかけていく。

「あらあら、エクラがごめんなさいね」

「いいえ、仲よくしてくれるのは嬉しい限りです」

大人たちはそこでお茶会を始めた。

俺たちはメイドさんに部屋へ案内され、そこで休むことにした。

師匠は公爵に報告等あるらしく、応接室に残った。

「なんだか、私たちが出会った時のことを見ているようだったね」

「仲よくなるのはいいことだよ！」

「そうだね。エクラは一人で育ったし、同年代の友達は貴重だから……」

「あ、ノクスを独り占めしちゃったから……」

エクラからお兄さんを取り上げてしまっていたと気が付いた。

「別にセイの責任じゃない。両親の意向もあるし、年に一度は会いに来ていたし、私はセイの側にいたからいつも楽しく過ごせたよ？」

「うん。俺もね！」

そうだ。ノクスは自分の家に来るのにフード付きのマントを着ていた。さすがに屋敷の中に入ってからは脱いだけれど、眉を顰めた使用人もいた。うちの領は拝む人が多かったから忘れていた。

「さて、節度を守らないといけないから、ここでいったん別れるね」

微笑むノクスにあっと思った。俺の客室とノクスの客室は前の時と変わらないけれど、休むなら別れないといけないいんだ。俺のお付きのメイドさんが苦笑している。

「じゃ、じゃあ、あとで！」

俺は用意してもらった部屋に慌てて入った。あとでね、という優しい声が聞こえて、俺はなぜか頬が熱くなってしまった。

明日は公爵領の領都の教会でヴィンとエクラの祝い式だ。そのあとに寄り子と派閥の子供たちのお披露目会がある。俺たちの時はいろいろあったけれど、今回は平穏に終わるといい。

メイドさんが持ってきた荷物を整理して、着替えを出してくれた。

旅装からよそ行きの服装に着替えて窓から外を見たら、庭にいるヴィンとエクラが見えた。二人を見ようとバルコニーに出ると、隣のバルコニーにノクスがいた。

「考えることは同じかな？」

「……だね」

二人で顔を見合わせていると、ヴィンに見つかった。

「兄様、ノーたん兄様ー！」

貴族の子息にしては声が大きいな。ヴィン……

「兄上！　セイ兄様！」

エクラも負けずに大きな声で呼びかける。

二人に手を振られて、俺たちも手を振り返した。

「とりあえず、庭に行く？」

「そうしたほうがいいな」

結局俺とノクスは、庭に行き、二人と一緒に遊んだのだった。


今日は朝から教会でヴィンとエクラの五歳の祝い式だ。

二人は両親とともに教会へ。俺たちはちょっと外れたところから見守っている。家族まで入ったら、教会の中が溢れちゃうからね。

「懐かしいね。セイは最初から私に好意的だったね。すっごく嬉しかったよ」

「そりゃあ、当たり前じゃない？　天使だもん」

「天使？」

「うん。ええとほら、ヴィンとエクラを見てよ。可愛くて可愛くて思わずほわんとしちゃうだろう？」

「ん？　うん」

「そんな感じ」

「そんな感じ……」

「え、説明になってないかな？」

「……大丈夫だ。なんとなくわかった」

「わかってくれた？」

「セイは天使というより時々……小悪魔なんだが今はそれはいいか」

時々のあとがよく聞こえなかったけれど、ノクスは納得したようだったので、とりあえずそれはそれで終わった。

教会から出てくるヴィンとエクラはお互いに笑って話していて仲よしになったみたいだ。俺とノクスもあんな感じだったのかな。なんだか、懐かしい。

公爵邸でお披露目会が始まった。お披露目を終えた弟たちは人気で、すぐに同年代の子供たちに囲まれていた。

あれ？

俺はノクスがお菓子をくれた時までぼっちだったのに。い、いいんだ。ヴィンとエクラが人気者なのは嬉しいことじゃないか。

隣のノクスも弟たちを見ている。ノクスはいつも堂々としていて、周りの目も気にしていない。嫌な視線はそこそこあるけれど、今回の主役はお披露目した子供たちなので、俺たちに声をかけてくる者はいなかった。後ろにいる師匠の顔が怖かったとか、そんなことはないはずだ。

それなのに会が始まってから考えに沈んだように静かになった様子にちょっと不安になる。ノクスの目に暗い色が見えたから。

今度は俺がノクスにお菓子を差し出そう。せっかく美味しいお菓子がたくさんあるのに、手を付けないのはもったいない。俺は給仕に頼んで二人分、いろんなお菓子を取り分けてもらった。

それすらも意識から外れているノクスに声をかける。

「どうぞ、ノクス」

ノクスの目の前にお菓子が山盛りな皿を突き出す。

ノクスがはっとして皿と俺を見た。

「ありがとう。今回は反対だね」

「ノクス、考えごと？」

「ああ。私たちの時は大騒ぎだったとか、いろいろ。エクラを見る目もあまり気持ちのいい目ばかりじゃないと感じはするけど、平和に終わりそうだからいいかなとか、そんなこと」

「あの時、ノクスにお菓子もらったのすごく嬉しかった。一人でいたから不安だったんだよ」

「そうだったのか」

「ロアール領から一度も外に出たことなかったし、初めての同年代の子だったからね」

「髪を引っ張った子はきっと親の言葉を素直に受け止めただけだったんだろうなと今は思うよ。不義なんて、アルファとオメガにはありえないし、難しい言葉だしね。加護はもうどうしようもないから仕方ない。高位の方がたからの贈り物なんだから」

「そうだよね。おかげでノクスと一緒に育って楽しいし、黒の髪と目は綺麗だし。得ばかりだよ。俺にとっては」

「そうなんだ。嬉しいよ、セイ」

俺たちのお披露目会について語るノクスは、口で言うほど髪と目の色をもう気にしてはいないのかもと思った。それなら嬉しい。

ノクスの笑顔に周りからため息が漏れる。俺の最推しだもの、当たり前だよね。見惚れて当然！

「ノクスはかっこいいから仕方ないね！　あ、あれ食べたい。料理長がレシピ売ったって言ってたから、きっと美味しいよ！」

ノクスに持っていた皿を押し付けて、美味しいお菓子狩りに向かった。

ノクスの片手を引っ張って促す。テーブルに並ぶのは小ぶりで色鮮やかで美しく美味しそうな、焼き菓子にケーキ、プリンだ。

半数以上が料理長が売ったレシピで作られたお菓子。もちろん手伝うとは聞いていたからめちゃめちゃ期待していたし、食べた人が驚いているのがわかった。

俺たちが次から次へとお菓子を味見しては感想を言ったから、周りはつられて手を出していた。

「あ、これ」

懐かしいお菓子を発見して思わず口元が緩む。

「うん？」

「ノクスがくれたお菓子だ」

給仕が皿に載せてくれてノクスと一緒に摘《つま》んだ。

「あの時より美味しくなっている気がする」

記憶では甘いお菓子というイメージしか残ってなかったんだけれど、口溶けがすごくよくなっていた。ふわりとバターの香りが口の中に広がって、クッキーの表面にコーティングされた砂糖に練り込まれたベリーの果汁の酸味が爽やかな風味だ。

「別物になっている気がする」

ノクスもぽつりと呟いた。

「料理長かな」

「料理長だね」

親指立てている料理長が頭に浮かんで、俺たちは顔を見合わせて笑った。

伝統的なお菓子も一味違った新しいお菓子にしてしまう料理長は天才だ。

弟たちの主役のお披露目会なのに、出されたお茶菓子を全種類制覇する勢いでテーブルを回った
俺たちは、人々に囲まれて動けず、お菓子を堪能できなかったヴィンとエクラに抗議を受けた。

普段は残るはずのお菓子がむしろ足りず、厨房が大忙しだったと知るのはずいぶんあとだ。

「僕たちも食べたかった……」

ヴィンとエクラに涙目で恨みがましい目で見られたら、もうダメだった。料理長にお願いをしたら、お披露目会に出したいくつかの新作を作ってくれた。

普段は下げ渡されるはずのお菓子がなかった使用人たちの分もお願いをして（ちゃんと公爵の許可はもらった）その日の夜は公爵家とうちの家族と使用人たちのお菓子パーティとなった。

俺たちがロアール領へ、公爵夫妻とうちの両親が王都へと旅立つその日、ヴィンが公爵家へ預けられるのを知った。

「エクラはいい子だし、ノーたん兄様がおうちにいるなら、僕がこっちにいてもいいいと思ったの」

ヴィンはにこにこ顔で残ると宣言して、エクラと頷き合った。

「……ヴィンが自分から残るなら、俺はなにも言うことはないかな。次の春にはまた会いに来ることもできるから、元気でね」

俺たちは師匠とメイドさんたちを連れてロアールに戻った。

両親もヴィンもいない屋敷は静かで、広くて寂しかった。

思わずノクスに甘えそうになったけれど、エクラにもそういう思いをさせてたんだなって改めて感じた。だから、自分でこの気持ちにけりをつけないといけない。

◇◆◇　◇◆◇

「ノクス、討伐依頼をそろそろ受けたいと思うんだけど、どうかな？」

「師匠が許せば私に異論はないよ」

ノクスがちらりと後ろにいる師匠を見る。

「そうだな。弱い魔物から慣らしていこうか」

師匠の許しが出た！

魔の森にはまだランク不足で入れない。

そして異世界転生ものでよく知られる、額《ひたい》に角の生えたうさぎ型の魔物、ホーンラビットの討伐から始めた。もうほぼうさぎなんだけれど、角を武器に襲い掛かってくる防御反応はやっぱり魔物だった。突進するホーンラビットの角には充分な殺傷能力があり、気をつけなければいけない。

依頼はホーンラビットの肉を求めている人からだった。食肉にするので、倒し方に留意しなければいけないと師匠の指導が入る。

「よし、よく狙え」

茂みから草を食《は》んでいるホーンラビットを弓で狙う。首を狙って射かけた。「必中」という弓術の派生スキルのせいか、すっと首に吸い込まれた。

「当たった」

あっけなく倒れたモフモフのうさぎのような魔物に可哀想な気持ちを抑えつつ、矢を抜いてアイテムボックスに仕舞った。

「上手くいってよかったね」

ノクスは手に首を斬られたホーンラビットを持って現れた。俺とは違う個体を仕留めに行っていたのだ。

「あと三体かな」

それから夕方までホーンラビットを狩った。七体仕留めたので、二体は料理長にお土産だ。

報酬をギルドカードに入れてもらって屋敷に帰った。

それから俺たちはFランクで受けられる討伐依頼をたくさん受けるようになった。魔の森で討伐依頼を受けるために強くならなければいけない。

俺の持つ魔弓は魔力があれば矢はいらないけれど、矢をつがえて射ることもできる。矢をつがえて打てば必中のスキルが使えるので、外すことはまずない。同じ弓術のスキルを持つ騎士さんに教えてもらっているのだ。

「セイアッド様は呑み込みが早いので、すぐ上達しますよ」

俺は調子に乗って練習を頑張った。頑張ったら指が擦れて血が出た。

「セイ、大丈夫？」

「平気平気。こんなのすぐ治る。剣を練習している時のマメとおんなじだって」

「見せて」

ノクスは俺の手を取って、傷の具合を見た。

手袋でもすれば解決するんだけど、指は感覚が鈍るからあんまりしたくないんだよな。

そう考えているとノクスは俺の指を咥えて傷を舐めた！

「ノ、ノクス……」

傷が薄れていく。みるみるうちになくなってしまった。

「えっ、なんで？　治癒魔法？」

俺は治癒魔法のスキルを持っているが、練習していないので使えない。

ノクスは使えるようになったの？　宵闇《よいやみ》の神の力？

「そんなようなもの、かな？　この方法はセイにしか使わないけれど」

「え？」

「男の肌を舐める趣味はないし、女の人にしたら大問題になる」

「あ、うん」

思わず頷いてはっとする。

「ノクス、俺も男なんだけど」

「セイはセイだよ？」

「いや、確かに俺は俺だけど……」

ノクスはにっこり笑って頷いた。

あれ？　これ、これ以上言う気がないやつ？

「……。治してくれてありがとう」

「どういたしまして」

はっとして周りを見たら、騎士さんたちが視線を逸らした。

「お前ら、いちゃつくのは終わったか？」

「いちゃついてない！」

「普通の治療行為です」

「……まあ、いいか。とりあえず、ノクス坊っちゃんは剣の型をなぞって今日は終《しま》いだ。セイアッド坊っちゃんは弓の手入れをして一応、治癒師に診てもらうこと。それで終わりだ」

一瞬呆れた顔をして、師匠は仕方ないなという表情を浮かべながら注意を促した。

「は〜い」

そのまま鍛錬が終わり、傷はなにも問題はないとお墨付きをもらったその日の夜。

紅茶を優雅に飲むノクスに思わず聞いた。

「ノクス、あれって、加護？」

「うん？　ああ、指の傷を治したことか？」

「うん。治癒魔法っぽくなかった」

「というか、権能《けんのう》の一部って感じだな」

「権能《けんのう》？」

「神から加護を受ければ、その加護を使えるようになるだろう？　例えば豊穣の神は植物を育てたり、土壌を豊かにする権能《けんのう》を持っている。それが加護を受けた者に加護による魔法やスキルとして顕現するんだ。ロアール伯爵の加護の付与などがそうだな」

「うん」

「私の加護で授かったスキルに夜の神の権能《けんのう》があって、それが癒しの力も持つんだ」

「そうなんだ。やっぱりノクスはすごいな！」

宵闇《よいやみ》の神の力はやっぱり癒しなんだ。

ノクスが天使で、俺の癒しなのも当たり前だった。最推しだし。宵闇《よいやみ》の神ありがとう！

「そう？　ありがとう。セイも、弓の腕がぐんぐん上がっていってているのはほんとすごいと思う」

「あ、ありがとう……」

褒め返された！

どうしよう、不意打ちに俺は今多分顔が真っ赤になっている。それに加えてノクスの笑顔攻撃が来た。うう。頬が熱い。どうしよう。

「そろそろ、もう少し強い魔物討伐をできるようにしていこうか？」

ノクスが話題をそらしてくれた！

「そうだね。Eランクに上がるくらいの依頼をこなさないとね」

俺はなぜだかほっとして頷いた。

「魔の森に行けば、野営の必要があるな」

「うん。野営の訓練も入れてもらおう」

「そうだな」

そこからは普段通りのノクスだった。

『もしかして、今代の愛し子は鈍感系なのかな？　いや天然？　残念？』

呟く月の神の声をなぜだか聞いた気がした。残念？　どういうこと？

◇◆◇　◇◆◇

春から夏にかけて鍛錬と討伐依頼、そして勉強と忙しく過ごした。

久々に領都の教会の掃除を請け負った。神官さんが喜ぶので、魔力ごり押しの掃除魔法で綺麗にする。何度か依頼を受けて、神官さんの名前はニエル助祭様と知った。

「はあ。夜の君と月の君の神気はほんとに空気を清浄にしますね！　私は何か所か教会を変わりましたが、加護持ちの神官でもここまで神気は感じませんから、本当に素晴らしいです！」

徹夜明けのテンションのニエル助祭様は、目の下の隈をどうにかしたほうがいい。

「いえいえ。一助になれば」

如才なくノクスは返してさっと依頼書を出した。サインをしろと笑顔で言っている気がする。

ニエル助祭様の評価はやっぱりＭＡＸで、いいのかな、と思わないでもない。

「ロアール領には宵闇《よいやみ》の神の神殿があると聞いていたので、訪れるのを楽しみにしていたのです。でも不思議なことに、どなたに聞いても場所を知らないようなのですよ。ご領主様はご存じなのでしょうか」

「どうだろう。戻ってきたら聞いてみます」

月の神の神殿は森の奥とか言っていたけど……

「あ、ついでがあったらで構いませんよ」

「はい。では、また」

ノクスがサインをしてもらった依頼書を受け取ってギルドへの道を歩く。

「宵闇《よいやみ》の神の神殿かあ。あったらお祈りに行きたいね」

「そうだな。加護を授けてくださったお礼もしたい」

「俺も。……そういえば月の神様は魔の森の奥に神殿があるって言ってた気がする。会いにおいでって。まだ加護の魔法は使いこなせていないけど、すごいスキルばっかりだし、感謝したい。教会でも祈ってはいるんだけど、神殿のほうが祈りが届きそうなんだよね」

「え？」

「ノクスは会いに来いって言われていないの？」

「特には……」

「そうなんだ……それなら場所も言われてないんでしょ？　やっぱり、父様が帰ってきたらかなあ？」

「それがいいよ。なんか文献とかあるかもしれないし」

「そうだね！」

その日の依頼で、昇級へのポイントが貯まっていると教えられた。低級の討伐依頼をたくさん受けていたからだ。そういった依頼は報酬が安い代わりに、昇級ポイントが高いのだ。

「次の依頼を達成しましたら、昇級できますよ」

師匠と一緒に次の依頼は選ぶことにした。今までの魔物よりも少し強い魔物にする。昇級すれば魔の森の討伐依頼が受けられる。

すごく楽しみだ。


その夜、ノクスが思案げな顔をしていたので隣に座った。

「宵闇《よいやみ》の神様は声かけてきたりしないの？」

「うん？　するよ。他愛ないことだったりする」

「え？　他愛ない？」

「ちょっとした会話をする感じかな」

「え。そうなんだ。ちょっと月の神様と違うみたい」

「あんまり他人には言わないほうがいい。大事になるから」

そうか、ほかの人は神様の声を聞いたりしないのかな？

「……うん」

ノクスは俺といる時はすごく優しい顔をする。悩んでいる様子はあまりない。このまま貴族学院に入学しても闇落ちはしないと思うけれど、時々不安になる。

『夜の君を助けてほしい』と月の神は言っていた。闇落ちではないなら、なにが起きるのかな。

「セイ、神殿についてはロアール伯爵に聞けばいいんじゃないか？」

俺は思いつめた顔をしていたんだろうか？

ノクスが子供をあやすように頭をくしゃりと撫でた。その手がすごく温かくて、嬉しかった。

宵闇《よいやみ》の神の神殿について聞こうと思っていたが、父の帰宅はずっと先で帰宅した時はすっかり頭の中から消えていた。

だから、実際に聞いたのはこの時から一年ほど経ったころになる。

ランク昇級に必要な依頼は、魔の森に近い村に出る鼠《ねずみ》系の魔物、ビッグラットの駆除。

習性は鼠《ねずみ》そのもので、村に住み着いて増えたビッグラットが作物や備蓄の食糧を食い荒らす被害があり、ギルドに依頼が来た。

弱いながらも魔物なので動きが素早く、鋭い爪や歯での噛みつきなどで村人に怪我人が出たためだ。

「あれがビッグラット……」

初めて見たビッグラットは前世でのチンチラに近い。エキゾチックアニマルとして注目を集めたげっ歯類に属する小動物《チンチラ》。体毛の色もグレーや茶色や色の混じり合ったまだらのような色など、いろいろで可愛い。耳が丸く大きく、つぶらな瞳。立ち上がって前肢で物を掴む動作や、細長い毛がふさふさした尻尾が振られるのを見るとほんわかする。もふもふ枠だ。撫でたい。

「あれを駆除」

ちらっとノクスを見て、師匠を見た。

「聞いたところによると、ビッグラットを駆除すると、心にダメージを負う冒険者が多いとかで、不人気の依頼なんだ」

ノクスが視線をビッグラットから逸らしつつ言う。口元がヒクついている。

「あれの上位種は毒や魔法も使ってくる。ああいった見た目の魔物にも慣れろ。見た目が可愛いからって攻撃をためらうと死ぬ。ホーンラビットもやれたんだ。やれないわけがねえ」

師匠も可愛いと思っているんだ。ちょっと視線逸らしているものね。

「わ、わかったよう……」

俺たちは心を鬼にした。

彼らは動きが素早く、隙間に逃げてしまうと見失ってしまう。一か所に囲い込むように追い立て逃げ場を塞ぎ、魔法で気絶させてとどめを刺した。死骸は俺のアイテムボックスに仕舞った。

怪我はしなかったけど、心に傷を負った。

毛皮は人気があるので、いい値段で引き取ってくれた。ますます胸が痛んだ。

「もうビッグラットの依頼は受けない」

「私もだ」

「俺も引率すらしたくねぇ」

昇級の依頼の中から選んだのは師匠だよ！

ともかく俺たちはFランクからランクアップしてEランクになり、パーティはDランクになった。

「魔の森にもいる？　可愛い系の魔物……」

俺はトラウマになったビッグラットの依頼のせいで、師匠に確認をとった。

「どちらかと言うと狼系や、鹿、ボアが浅いところに多いな。あとどこにでもいるスライム。あれもビッグスライムやアシッドスライムは危険度が跳ねあがるから、馬鹿にできねぇけどな」

「ホーンラビットもいるよね」

「猿もいるか。集団になったら手強《ごわ》い。知恵が回るから」

ノクスがそう呟く。確かに群れを作る魔物は厄介だ。

「手に負えなさそうな集団に出会ったら、気付かれないうちに逃げることを考えろ。ただ逃げ切れねえ時は俺も攻撃に加わる。そこは護衛だから割り切れ」

「はい、師匠」

「はい」

とうとう魔の森の依頼を受ける許可が出た。

ただ、依頼を受ける前に魔の森はどんなところか下見をしようと決まった。

許可が出て一週間後、クロで魔の森まで来た。森から受ける魔素はまるでダンジョンのように濃い。

「この森に踏み入った時から、魔の森にすむ魔物に知られる。常に周囲に気を配れよ」

師匠が俺たちに注意してくれる。

クロから降りて、森の手前で立ち止まる。

背の高い木々のせいで見通しが悪く、生い茂る葉が日の光を遮り、薄暗くしている。

ノクスが森を見つめ、ふらりと歩き出す。

「ノクス？」

俺が声をかけるとはっとした顔で立ち止まった。

「いや、なんでもない。暗いからちょっと様子が見たいって思っただけだ」

ノクスは軽く横に首を振って苦笑する。

「今日は雰囲気だけだ。戻るぞ」

師匠はきっとノクスが入りそうだと思って、引き上げることにしたんだろう。ノクスの様子は入りたがってたようには感じなかったけれど。

『ロアール領には宵闇《よいやみ》の神の神殿があると聞いていたので、訪れるのを楽しみにしていたのです。でも不思議なことに、どなたに聞いても場所を知らないようなのですよ。ご領主様はご存じなのでしょうか』

ふいにニエル助祭様の言葉を思い出した。

ノクスにも、宵闇《よいやみ》の神がなにか告げていたのかもしれない。

魔の森の討伐の第一弾は増えているボアの間引き。

ボアは藪《やぶ》に隠れて定住している。この時期は子供を引き連れているメスが多く徘徊するとのこと。冬に交配して春に出産するらしい。ダンジョンとは違い、自然発生じゃなく繁殖しているんだと変なところで感心してしまった。

ボアは突進に気をつければ攻撃手段が少ない魔物だそうで、師匠が選んだ。

肉も売れるし、持ち帰れば食材になって晩御飯が豪華になる。魔の森にいる魔物は、魔力を豊富に蓄えていて美味しいらしいのだ。

「魔力が多いと美味しくなるの？」

「セイ、そこなの？」

くすりとノクスが笑う。相変わらずだなと思っているんだろう。

「えーだって、美味しい肉かどうかは重要だよ！」

食いしん坊と思われても、食生活は重要事項です！

「まあ、他地域に生息しているボアより美味しいのは確かだな」

師匠が笑いながら頷くと魔馬に跨った。


俺たちは討伐最小数五匹の倍、十四を目指すことにした。クロたちは入口近くに待機させてボアを探す。足跡や獣道、木に体を擦りつけた跡などを辿り、隠れていそうな藪《やぶ》を見つける。

少し遠目で藪《やぶ》を観察していると、藪《やぶ》が揺れて草をかき分けるようにボアが出てきた。ひときわ大きいボアに、二回りほど小さなボアが三匹くっついている。

「あれは親子だな。大きいのは母親だろう」

「オスはいないの？」

「オスは繁殖期が終わると離れるんだ」

「そうなんだ」

「セイアッド坊っちゃん、まずは矢で狙ってみろ」

「はい」

魔弓に矢をつがえて速射で四本射かけた。そのうちの二本が母親と一体の子供に当たる。

それを見てノクスが飛び出し、母親に斬りかかった。

俺はあと二体にも矢を射かけ、弓を剣に変えてノクスを追う。

「キィイイ」

ノクスは母親の喉笛を斬り、次に側にいた子供の首を斬った。

俺は少し離れたところの子供を一体、やはり首に切り傷をつけたが少し浅い。痛みに怒った子供のボアが俺に向かってくる。

「障壁」

透明の防御壁を自分の前に展開すると、手負いのボアはそれにぶつかって転倒する。その一体にとどめを刺している間にノクスがほかの個体を討伐していた。

「さすがノクス」

「セイも弓の腕が上がっているね。魔法の矢のほうが効果が高いんじゃないのかな」

「魔力は温存したほうがいいんだ」

そう言っている合間にボアをアイテムボックスに仕舞った。

「うん。危なげねえな。この調子でいこう」

師匠のお墨付きをもらって、このあと二つの群れを討伐し、合計十三体になった。そのほかに遭遇戦で、ホーンラビットと森狼を討伐している。

「よし、当初の目標値に達したな」

「よかったー」

「はい」

もう日が暮れかかっていたのでクロたちのところに戻る。それから俺はクロたちの世話、師匠とノクスは野営のテントの準備と竈《かまど》を作った。

森の入口付近は草が刈られた野営地が何か所か作られていた。こういった場所を定期的に冒険者が利用して保全するのだとか。街道の野営地と一緒だそうだ。

夕飯は簡単なスープと干し肉で済ませてテントで三人で休む。最初は俺で次に師匠、最後にノクス。俺はすっかり疲れてしまってぐっすりと寝てしまった。

「おはよう、セイ」

起こされた時にノクスの顔が一番最初に見えて嬉しかったのは内緒だ。

こうして無事、討伐依頼は終わった。余った三匹は厨房へ差し入れた。料理長が喜んで角煮やソーセージ、ハムなどにしたらしい。夕食に五日後、角煮が出てそれが初討伐のボアだって教えてもらった。

角煮はとても柔らかく臭みもなくてものすごく美味しかった。


日々の鍛錬で俺は弓、ノクスは剣の技術を磨く。魔法は言うに及ばず。まだすべては使いこなせないが、初級クラスの魔法はほぼ覚えられている。

魔法は加護の差もあるし、イメージが影響するので、同じ魔法でも威力も形も違ったりする。だからノクスとは得意とする魔法が違う。

剣術が上達して魔法も安定してくると、ノクスはずいぶんと大人っぽくなってきた。体力も腕力も、そして身長も俺より上だ。同じように鍛えているのに差が出てしまうのは体質なのかな？

ノクスが師匠と打ち合う姿がかっこいい。思わず見惚れて素振りの手が止まった。

「セイ？」

ヤバ、ガン見してた。誤魔化すように声をかける。

「ノクス、剣だけど、ちょっと付き合って」

師匠との打ち合いが終わって汗を拭っているノクスにお願いする。

ノクスが師匠を見ると頷いていた。

「ああ、いいよ」

二人で木剣で打ち合う。ノクスのほうがリーチが長いから、俺の剣はほんの少しノクスに届かない。型をなぞるようにお互い剣を打ち合わせる。無理に勝負をかけない。この打ち合い稽古は試合形式ではなくて型稽古に近い。これをもっと形式的にすると演武や剣舞になる。

打ち合いが長くなると、体力差が出て動きにブレが出る。カン、と音がして剣が弾かれた。

「あっ」

「ここまでだね」

「……ノクスに剣じゃかなわないなあ」

落とした木剣を拾いつつ息を整える。ノクスは息を乱していない。やっぱり俺は後衛向きなのかな。師匠に鍛えてもらっているから、技術は磨かれているはず。でも、討伐依頼での経験を踏まえるとまだまだな気がする。もっと基本を大事に、腕を磨かないとね。

「弓のほうが得意だろう？　私は向いていないから、セイのほうがすごいと思うけど」

「まあ、人には向き不向きがあるのはわかってるんだけど、剣でかっこよくは憧れるじゃん？」

「まあ、男だしね」

「冒険者活動で弓が使えない場面もあるから、上達したいなあって思ったんだ」

「ああ、森のような見晴らしの悪いところは無理だね」

「だろ？　短剣も、もうちょっと上手くなりたいな」

「鍛錬するしかないよ。あとは体力、筋力作り？」

「基礎が大事、わかってます！」

愚痴タイム終わり！　がんばろう。

汗を拭うノクスの仕草にドキリと心臓が跳ねたけど、気のせいだと思うことにした。

◇◆◇　◇◆◇

夏が過ぎ、両親が王都から戻ってきて料理長のご飯が食べられるようになった。また腕をあげたのか、さらに美味しくなっていた。

父は収穫の時期が近いので領地を回らないといけない。忙しい父を見ていると、領地経営は大変だなと思う。秋の味覚がテーブルを飾るようになったのも一因かなあ。

秋も深まってくるとノクスの誕生日が近づく。今年はなにを贈ろうか。

刺繍したハンカチを喜んでいたからそれがいいかな？　いつもの刺繍したリボンは外せない。それと冬になるからマフラーかな。いつも一緒にいるので手芸の時間でやるしかないかな。

リボンは毎年あげているから、これはばれてもいい。

「セイ」

「うん？」

刺繍に夢中になっていた顔を上げると、ノクスの顔のアップが目の前にあった。

部屋はいつの間にか暗くなっていてランプが灯されている。

「うわっ」

「そんなに目を近づけていると、目が悪くなるんじゃないか？」

「大丈夫」

「無理しないで。それにせっかく一緒にいるから、話をしたいな。紅茶も冷めてしまったし」

「あ」

テーブルのカップを見ると、メイドさんが淹れなおしてくれた。せっかくなので、刺繍枠を置いてカップに手を伸ばす。ノクスが隣に座ると、ノクスにもメイドさんが紅茶を淹れた。

「話って……畏まってするようなことじゃないんだけれど」

「そうだね、私もそう思う。……最近のセイはなにを焦っているのかな」

「焦っている？」

「剣術も弓術も以前はもう少し、余裕があった気がする。力を抜くことを教えてくれたのはセイだから、ちょっと気になってね」

ノクスが心配そうに俺を見る。

「……全然、そういう気はなかったけど……」

強くなりたいのは、ノクスを闇落ちさせないため。冒険者をしたいのは、前世からの憧れ。うん。最推しにこんな顔させるためじゃない。

「セイが怪我をする前にと思って。余計だった？」

「ううん。ノクスが強くなっているから、俺も同じくらいはと思っていたのかも。もっと力を抜いてみるよ」

ノクスに置いていかれたくないって思ったんだ。きっと無意識に。

「刺繍も根を詰めすぎだよ。多分、私のためだと思うけれど」

紅茶を口に運んでからゆっくりとそのカップをソーサーに置き、さっきまで手に持っていた刺繍枠をそっと撫でた。

「これは、頑張る。目を疲れさせないくらいにはとどめるよ」

そこは譲れない。ちゃんと誕生日に間に合わせたい。

「わかった。楽しみにしてる」

嬉しそうに微笑んだノクスにはバレバレだった。

それから他愛のない話をして別れ、ベッドに入ってから考える。

父が節度を持てとか言い出し、ノクスがプロポーズしてきて、距離感がわからなくなっていた。置いていかれそうな気持ちになっていた。成長してゲームで見たノクスに近づいていくのに。

ノクスはちゃんと俺を見て側にいてくれるのに、俺は俺のことでいっぱいになっていた。

そういえば最近ノクスと遊んでない。そうだ、遊ぼう。もっとノクスと一緒に過ごしたい。

もっとノクスの楽しそうな顔が見たい。明日起きたらそう言おう。

そう思いながら俺は眠りに落ち、あっという間に朝が来た。

「遊ぼう！」

「うん。それは嬉しいけれど、今日は魔法の先生の実技だから……」

ぐぬぬぬ……

「声に出てるよ」

くすくすと笑うノクスに、うーっと唸って返した。

今日は魔法実技と歴史の勉強、他国言語を学んでお茶の時間になった。

「お茶飲んだら、遊ぼう！」

「セイはそういうところは変わらないね。嬉しいよ」

「そういうところ……？」

「うん、明るいところ？」

「そっか。久しぶりに裏庭で遊ぼう」

明るい性格だって思われているんだ。照れる。

裏庭はアスレチックになっているから鍛錬にもなるはずだ。幼いころに作ってもらった鍛錬場所は改修されつつ、まだ残っている。

騎士団の騎士たちもたまに鍛錬に利用しているし、使用人の子供たちなんかも遊びに来ている。

「どっちが早く上まで行けるか競争しよう！」

格子状にロープを張ったネットの上まで登る競争だ。ネットが揺れて不安定になるのでバランス感覚が求められる。

「わかった。行くよ」

護衛の騎士さんに（今日は師匠は別の仕事でいない）合図をしてもらってネットに飛びついた。

ほぼ同じ速度で上がっていくんだけど、足の長さなのか、少しずつ差が出てきた。

「く……」

急いで手を伸ばしたら、掴み損ねてバランスを崩した。ネットが揺れて手が離れてしまう。あっと思った時には体がネットから離れて落下する。

「セイ！」

ノクスの切羽詰まった声が聞こえて俺に手が伸ばされる。背にノクスの手が触れて力強く抱きしめられた。俺もしがみ付く。くるりと体が入れ替わって、ノクスが下になる。

「ウィンド！」

ノクスが風魔法で落下速度を殺す。

下には安全対策でネットが張ってあって、そこにゆっくりと落ちた。

体がネットで跳ね返って止まる。ノクスのほっとした顔が間近にあった。

「びっくりした」

「……俺もびっくりした」

ネットが張ってあるからあまり心配はしてなかった。けれどノクスの焦った顔を思い出して、思わずしがみ付く。しがみ付いた胸板から聞こえる、ノクスの心臓の音が速くなっていた。

「俺が焦って落っこちただけだから。心配かけてごめん」

「大丈夫。無事でよかった」

背中をポンポンとノクスが叩く。それを合図にゆっくりと二人で起き上がる。

「怪我はないですか？」

騎士さんが心配して駆けつけてきた。

「全然。ちゃんと安全対策のネットが受け止めてくれたから」

「魔法をかけたし、大丈夫だったよ」

ノクスもそう答えて、二人で体の痛みがないか確認した。

怪我はないし、驚いただけなので今度は地上の平均台や樽《たる》の潜り抜けをして遊んだ。樽《たる》が狭かったから、成長したんだなって改めて感じた。

「ちょっとびっくりしたけど、楽しかったね！」

「うん。セイはもう少し気を付けるように」

「はーい」

お互い顔を見合わせて笑った。

「時々はここで鍛錬しないとバランス感覚とか、さび付いてそう」

「私もそれは思った。小さいころより体が大きく重くなっているから、できていたことができなくなっているし」

「そうだね。俺もそう思う……あのね、ノーちゃん、さっきはありがとう」

「ん？　うん」

ノクスが優しく微笑む。その顔にドキッとした。

「今度は負けないからね。でもその前に登る訓練はする」

「それがいいね。私もするよ」

日が短くなったせいかもう暗くなっていた。

そっとノクスが手を伸ばして俺の手を引く。

「お腹空いたね。汚れを落としたら食堂に行こう」

「そういえばめちゃくちゃ空いてる」

ぐうと鳴ったお腹を押さえて、俺たちははしゃぎながら部屋に戻った。

騎士さんが生暖かい目を向けてたのは気付かないふりをした。

十一月になればノクスは十三歳、俺も十二月に十三歳になる。

前世でいえば中学生だ。少しずつ、俺たちは大人になりつつある。

俺を庇ってくれたノクスの力強い手と、少し大人びた顔。

出会った時の幼いノクスじゃない。間近に見た笑顔に俺は見惚れて鼓動が跳ねた。

最推しだから、見惚れる。

そうだ、最推しだからだ。

本当に？

それから裏庭のネットの使用には注意書きが加わった。十二歳以下の子供の使用には大人が付くこと。また、ネットの半ばまでしか登らないこと、競争は禁止。

うん、俺たちのせいだね！

◇◆◇　◇◆◇

そして迎えたノクスの誕生日。

「十三歳、おめでとうノクス」

「ありがとう、セイ」

あの時刺していた刺繍のリボンと、金糸を織り込んだ白いマフラー。お揃いの手袋には隅っこにワイバーンのワンポイント。全部俺の手作り！

「どう？」

すぐさま身に着けたノクスは、嬉しそうに笑みを浮かべて俺を見た。

「うん！　似合う！　よかった～」

「マフラーと手袋は大事に仕舞ってこの冬使うね。このリボンはこのまま使っていいかな？」

「もちろん！」

まだ雪は降っていないからそんなに寒くない。本格的に雪が降るのは十二月の俺の誕生日くらいからだ。

今は朝食を済ませたあと。プレゼントを贈るために部屋に戻ってもらったんだ。

晴れ渡り澄んだ青空が広がる小春空。暖かい日差しが届くノクスの部屋に俺たちはいる。

ノクスの部屋にはたくさんの誕生日祝い。

ご両親とエクラ、ヴィン。第二王子殿下やシムオンたち。ウースィク公爵の寄り子の貴族から。

その中でもノクスが最も大切にしているのは家族からと俺たちロアールの皆が贈ったもの。

それ以外は大切に仕舞っているけれど、顧みられるのは年一度とお礼状を書く時くらいだ。

今夜は料理長渾身のバースデーパーティの料理が饗《きょう》される。

今年のケーキはなにかな？　最近は競うようにレシピ開発しているから楽しみなんだ。ノクスの髪が黒いからか、チョコレートを使ったケーキが多い。

苦みが効いたクリームを使用してあるのはノクスの味覚に合わせたみたい。

多分、俺の好みならもっとミルクが多くて甘いチョコレートになるはずだ。

「今日のケーキはなにかなあ」

「私の誕生日より、ケーキが気になっている？」

「そんなことないよ！　ノクスの誕生日ケーキだから気になっているの！」

そして、夜。

艶やかなチョコレートケーキにベリー類が載り、金箔の粉がちりばめられている。

中は三段で間には生クリームの割合が多いガナッシュクリーム、ベリーをアクセントに混ぜられているクリームが挟まっていた。

「美味し～」

俺は美味しさが天元突破しているかと思った。

「うん。美味しい。甘さが私の好みだ」

隣でケーキを食べているノクスの顔が綻んでいる。

「セイ、主役より真っ先に感想って……」

父がなにか言っている。その隣で母は笑ってケーキを上品に食べている。

「セイのおかげで美味しいケーキが食べられているから、かまわないですよ」

ノクスは天使！

「まあ、それはそうか。このケーキも出すかな」

ぼそっと呟いた父の言葉の意味を知るのは、それこそ貴族学院に入学してからだった。

料理長は扉前で嬉しそうに頷いていた。


どんよりとしたグレーの空から舞い落ちる雪。

すでにウースィク公爵領と接している山は冠雪していた。最近かなり寒くなってきていたから、近いうち降るだろうと言われていた雪が降っている。

「雪だ！」

俺はマフラーと手袋、コートの重装備で裏庭を飛び跳ねた。

「ふふ。そういうところは十三歳になっても変わらないね」

「えー、積もったらゴーレムも作るよ！」

「そこも外せないんだ。妖精は？」

「積もった量で考える」

俺は今日十三歳になった。

今日降った雪は初雪だ。お互い寒さで頬が赤くなっている。吐き出す息が白い。

一しきり走り回ってノクスの元に戻る。ノクスは落ち着いた風情で、俺を見守っていた。

「ノクスは走らないの？」

「雪に喜んで走り回る年齢は卒業したかな」

くすくすと笑ったノクスの手が伸びて、そっと俺の頭に積もった雪を払った。

ドキッとして思わずノクスを見たまま、息が止まった。

あれ？　なんだろう、これ。

心の奥が熱い。鼓動も速くなっている。

「ん？」

ノクスが微笑んだ顔のまま目を細めて俺を見下ろす。ノクスの髪にも、白い雪が積もっていた。

首に巻いているマフラーは、俺が今年贈ったマフラーだ。

「……ノーちゃんにも積もっているよ！」

少し声が上擦る。乱暴に手を伸ばしてノクスの頭に積もった雪を払った。

「ありがとう。服にも積もっているね。ひどくなってきたから戻ろうか？」

「うん。プレゼントの整理とお礼状書かないといけないしね」

「私からのプレゼントもあるんだ。あとで部屋に行ってもいいかな？」

「もちろん！　嬉しいな。今年はなんだろう」

「楽しみにしてて」

「うん！」

ドキドキが治まらない。俺はちゃんと普通に話せているだろうか。

天使がイケメンになってきた。

いや、ノクスのイケメンは決定事項だったじゃないか。なんで俺は動揺しているんだ？

そうだ。ネットから落ちた日。

庇ってくれた、ノクスの顔。力強い腕。

あの時に感じた、もう幼い子供じゃないノクス。あの日から俺はちょっとおかしい。

雪を玄関で払うと、上着とマフラーと手袋はメイドさんに預けた。部屋に帰って着替える。温風魔法で髪を乾かして浄化をかけると着替えは完了だ。メイドさんが身なりをチェックして満足げに頷いた。

もちろん、着替える時は衝立《ついたて》を使ったよ！

それから積まれたプレゼントと添えられた手紙をともにチェックしていると、ノックが聞こえた。

メイドさんが扉を開けると、ノクスがリボンで飾られた箱を持って、立っていた。

「いらっしゃい、どうぞ入ってノクス」

「お邪魔します」

こういった儀礼をするようになって、もう三年も経つ。慣れたけれどちょっと寂しいのは変わらない。

「誕生日おめでとう、ノクス。開けてもいい？」

「ありがとう、セイ」

リボンと包装を解くと箱が現れた。装飾された箱を開けるといつももらっているリボンと魔石の嵌まった指輪。ミスリルの土台に黒の魔石が光る。台座に向かって幅が広くて四角い魔石が嵌まっている。魔石がまるで宝石のように綺麗だ。

え、指輪？

「私の魔力を込めた魔石に守護の魔法を付与した指輪なんだ。私がいる時は私が守るが、いつも側にいるとは限らないだろう？　だから、これがいいと思ったんだ。つけてもらえないかな？」

この世界でも恋人に贈るアクセサリーはダントツに指輪だ。

プロポーズもしているノクスの、この贈り物の意味は俺の想像で間違っていないだろう。

「えっと、じゃあ、嵌めてもらえるかな？」

俺は左手を差し出すとノクスの口元が綻ぶ。その顔に、鼓動が早まって頬が熱くなる。

雪のせいでいつもより部屋が寒いと思っていたのに。

ノクスはそっと、俺の手を取って左の薬指に嵌めた。

少し緩いかなと思ったけれど、俺の指にぴったりのサイズになった。

「形状可変の魔法がかかっているんだ。手の大きさが変化してもぴったりになるんだよ」

「そうなんだ」

嵌めてもらった手を見て、ノクスの魔力を感じることに気付いた。じっと魔石を見るとノクスの魔力の色が見える。

ノクスの気持ちが痛いほどわかって、泣きそうになった。

「大切にする」

このノクスの気持ちに俺はなにを返せるのだろうか。

「そうしてもらえると嬉しい」

嬉しそうに笑ったノクスの顔はずっと俺の記憶に残った。

第三章　冒険者活動の本格化と神殿発見！

ここ三年ほど王都に行ってないせいで、みんなとの交流は手紙や誕生日の贈り物だけだった。

三年も経つと内容や文章に変化が出る。祝福の儀あたりは日記のようなものだったのが、貴族的な言い回しになったり、興味の内容が変わったりしている。皆、手紙の字も文章も上達していくのがわかった。もちろん俺も綺麗な字を書く練習をしている。

ロシュとはよく刺繍の相談をしているんだけど、図案で悩んでいるとかそういう感じだったのが、会わなくなって二年目くらいにちょっと違う雰囲気になってきた。

側近候補だと集められたロシュ、シムオン、フィエーヤは定期的に第二王子殿下とお茶会をしているようだった。シムオンやフィエーヤの手紙にもその様子は書いてあった。でもロシュだけお茶会の報告が多い。

どうやら、ロシュだけお茶会に誘われてる時もあるみたいなんだ。

ロシュから見た第二王子殿下像は、俺の知っている第二王子殿下像とは違っていた。

俺は殿下に塩対応だし、ノクスはよくケンカ腰になるから通常な対応の殿下を見ていないせいで、印象が違うのかもしれない。特に俺はノクスの件で色眼鏡で見てしまうしね。

ロシュから見た殿下は優しく、かっこよく、よく気の付くいい男のようだった。

特に最近のロシュの手紙には以前より四割増しくらい多く、殿下の話題が書かれている。

ずいぶんと仲よくなったんだなと俺は思った。

俺の話題はダンジョンやクエストばかりで、貴族の子息と平民の冒険者くらいの落差がある文通だなってちらっと思った。

殿下の手紙もロシュの話題が出てくる比率は高くなっていたけれど、どちらかというとお菓子のレシピをねだられるほうが多くなり、面倒になったので誕生日に贈る以外は父に依頼して、とぶん投げた。俺は手紙でもずっとそっけないのに、めげないところは尊敬する。

シムオンは俺より料理長との文通が多いので妙に安心する。レシピもねだられないし。

フィエーヤは魔法のことばかりでこっちも安心だ。王宮のお茶会に行くのは緊張してまだ慣れないらしい。

大丈夫かな？　王宮に勤めるようになったらどうするんだろう？　未来の宰相候補なのに。

みんなと再会するのは貴族学院になる。

そう、貴族学院が舞台の「星と花と宵闇《よいやみ》と」のゲーム開始まで、あと二年。

◇◆◇　◇◆◇

今日は魔の森での討伐依頼。もちろん俺は張り切っている。

魔の森に少し入った木々の間に、六頭ほどの森狼の群れがいた。その中でひときわ体の大きい個体、おそらくボスだ、そのボスに向けて俺は矢を放った。

近づく矢に気付かれる間もなく額《ひたい》を打ち抜く。

突然倒れたボスに、群れに動揺が広がる。

その隙を見逃さず、身体強化したノクスが飛び込み、剣で次々と打倒した。

「お疲れー！」

「なかなかいい動きだったな」

「まだまだです」

「依頼はこれで終了？」

俺は依頼書を確かめる。ノクスと師匠は木に吊るして血抜きを始めた。脳内に広がるマップの光点を見ると、近くにもう魔物はいなかった。

依頼書には魔の森に近い村で家畜の被害が増大し、森狼の群れを見た村民の訴えにより、村長が討伐を銀貨五枚で依頼。素材は冒険者のもの、とある。

森狼を討伐するランクは一匹ならFランク以上が適正。ただし、群れる習性があるため数が多くなるほど適性ランクは上がり、ソロではなくパーティであるほうが望ましくなる。

俺とノクスの組んでいるパーティ、【月夜】の現在のパーティランクはD。ノクスも俺も、ソロランクはEだ。

「よし、大丈夫。依頼達成！」

血抜きをした森狼を浄化し、血だまりも浄化で消した。そしてアイテムボックスに収納する。

「セイのそれ、いつも見てるけどすごいな」

「ふふん。すごいだろう。時間が止まるしマジックバッグいらず」

でもちょっと見られたらヤバい気がするので、カバンがマジックバッグということにしている。うちの領のギルドは俺とノクスの素性を知っているからお貴族様だから可能だと、納得しているはずだ。

「それ、絶対に知られるなよ。やばいからな」

師匠が釘を刺してくる。俺は素直に頷いた。

「は～い」

森の出口に待機させていた魔馬たちの元に戻った。俺たちはクロとルーに、師匠は領軍所属の魔馬に乗り、屋敷まで戻るのに六時間かかるので、今からだと着くのは夜中になる。途中の馬の休憩場所で野営し、朝に屋敷に戻る予定だ。

依頼の村に森狼を仕留めたと完了報告に戻ったら村民の皆様から歓迎された。

俺とノクスは領民に人気だ。月の君、夜の君と呼ばれて拝まれるのにはもう慣れた。

村を出て野営の予定地に着く。魔馬は馬ほど疲れないがやはり休憩も必要だ。テントを設置して荷物を中に入れた。

火を焚いてスープを温める。俺のアイテムボックスに入れてある、料理長が作ったスープだ。それとパンを出して食事を済ませる。

陽が落ちて辺りが暗くなった。周りは畑と林が点在する。村はもう少し先にあるが、宿はない。

泊まれるような家はなく、負担をかけるのも悪いのでここで野営にする。

見張りは俺、師匠、ノクスの順番。

焚火に枝を足しながら索敵をする。近くに魔物の光点はない。ノクスと師匠の光点があるだけ。

二つの光点は青い。味方ってことだ。しばらくすると交代になり、あくびをかみ殺してテントに入った。毛皮の敷物の上に横になってマントを被る。隣にノクスの寝顔。

野営の特典だ。ふいにノクスの目が開く。

「見張り、終わった？」

「うん。いま師匠」

「お疲れさま」

「ノクス、寝てないとダメだよ」

「貴重な二人の時間だから、もう少し起きていてもいいだろう？」

「……ッ……」

またノクスの口説きが出た。不意打ちが多い。

俺の心臓はキュッと締め付けられて、顔が熱くなる。

「可愛いな。セイは」

さらなる追い打ちが来てあわあわする。

「うるさい、かわいくない！　寝ろ、ほら寝ろ！」

ノクスの目を閉じようと手を伸ばす。

その手を捕まえられて掌にキスされた。慌てて手を引っ込めようとするとすぐ放された。

「わかった。大人しく寝る。おやすみ、セイ」

ノクスは悪戯《いたずら》が成功したように、緩く口の端が上がった笑顔でそう言った。節度とは一体。

「わかったならいいんだ。おやすみ、ノクス」

ノクスに背を向けて目を閉じる。しばらくすると眠気が襲ってきて、意識が落ちる少し前に瞼に温かいものが触れた気がした。


明るくなって目が覚める。テントに二人はいない。

「浄化」

自分に浄化の魔法をかけて背伸びする。

テントの外に出ると二人が焚火の前にいた。ノクスは俺を見ると手を振ってきた。

「おはよう」

「おはよう。なにも出なかった？」

「大丈夫だったな」

焚火の様子を見ながら師匠が頷く。簡易な竈《かまど》の火の上にはスープが入った鍋が置いてあった。

「私の時もなにもなかったよ」

ノクスが言いながら器に浄化をかけていた。その器にスープを取り分ける。二人が用意してくれた朝食を食べる。野営の時は少しノクスと距離が近い。屋敷にいる時は距離が離れてしまうから、こうしているのが嬉しい。

前世の記憶が戻って以来ずっと一緒にいたから、こんな風に距離ができるとは思わなかった。もう子供の時のように、ただ一緒に遊ぶだけの関係ではいられないんだ。

ノクスが新しい関係に進もうと努力してくれているのはわかっている。

「さて、あとひとっ走りだ」

師匠が繋がれている魔馬を見て言う。魔馬の餌は魔力が豊富ならなんでもいい。うちの野菜は魔力が豊富なので収穫したての野菜も好きみたいだ。今日は魔物の肉と持ってきた野菜で上機嫌だった。甘い物も好物だ。前世で角砂糖を馬にあげていたなと思い出して、試しにあげてみたら思いのほか喜んだので、ご褒美にあげている。

クロに乗って領都に着く。いったん降りて引きながらギルドへ向かう。ギルドの厩舎にクロたちを預け、受付に向かった。

「こんにちは。【月夜】です。依頼終わりました」

「では別室で査定しますね」

受付で申し出ると別室に案内される。解体所に近い部屋だ。そこで獲物を出して報酬を受け取る。

「ありがとうございました。またお願いします」

受付嬢に見送られてギルドを出る。街の外に出てクロに乗った。

「はあ、お腹空いた！　料理長のご飯食べたい！」

「俺もだな」

「私も」

「俺は厩舎にこいつ返してから戻るから、先に行ってくれ」

「はーい！」

「はい」

師匠と別れて屋敷へ、そのまま走らせて屋敷の厩舎に向かう。そこで手入れをしてあげる。

「浄化を魔馬に使う人はセイくらいだよ」

「えー？　汚れが簡単に取れていいじゃん。ブラッシングも楽になるし」

「クロとルーが喜んでるみたいだから問題ないとは思うけど。セイは魔力が多いからまあいいか」

ノクスが魔力が多いのは当然なんだけど、俺も魔力が多かった。魔力制御を習ってからいろいろ魔力を増やす努力をした結果みたいだ。

魔力は使い切ると回復した時に量が増える。増えた魔力をまた圧縮するように魔力器官に押し込める。それを常に循環させて適度に使う。

大体これで増えた。一晩寝ると朝には魔力は満タンになっているしね。

「ノクスには負けるけどね」

飼育員にあとは任せて屋敷に戻る。

「ただいま」

「ただいま」

「おかえりなさいませ」

「お風呂入りたいから用意してもらえる？」

「かしこまりました」

お風呂の準備ができて汗を流した。その間に昼食が用意されて舌鼓を打つ。料理長の料理は進化を続けている。もうそろそろ父の社交で王都に行ってしまうけど、それまでは堪能しないとね。


スキルを覚えて一年が過ぎた。固有魔法はまだまだ上手く使えないけど、弓や初級魔法での討伐はずいぶん慣れてきた。個人ランクがDになったらあちこちのダンジョンに潜りたい。

「ギルドの依頼だけど、魔物の被害が増えているね」

掲示板の依頼を見ながら首を傾げた。雪が解けて本格的に魔物や魔獣の動きが活発になるころだからだろうか。

「そうだな。以前の魔物の氾濫《スタンピード》から時間が経っているからその前兆じゃなければいいけど」

ノクスの言葉にハッとした。「星宵《ほしよい》」では主人公《ヒロイン》が現れた時、各地で魔物が多くなって魔王が現れる前兆ではないかと言わていた。まさかね。

「とりあえず、ボア討伐にしようか？」

ノクスが依頼の紙を剥がして俺に問う。俺は頷くと一緒に受付に行く。

無事依頼を受けて、ボアの被害があった村に向かった。畑の被害はひどく、ボアに踏み荒らされ、食い散らかされた野菜の残骸に顔を顰《しか》めた。味を占めたボアは大体同じ時間に現れると聞く。待ち構えて迎え撃ったボアの群れは言葉通りの猪突猛進だった。その興奮した様子に違和感を覚えつつ討伐を終える。

ホーンラビットも森狼もゴブリンも、討伐頻度が増えていた。ギルドでも魔物の氾濫《スタンピード》の恐れがあると警告をもらった。


そんなことがあって、しばらく経ったある日。

第二王子殿下からの手紙で、主人公《ヒロイン》が現れたのを知った。

やっぱり、この世界は「星と花と宵闇《よいやみ》と」の世界だった。

『星と花の力を持つ者が現れた。王家で保護しているため、自分が教育係になった。しばらく手紙も送れない状況が続くかもしれない』

殿下の手紙を持った手が震えた。

「セイ、顔色が悪い。なにか悪いことでも？」

ノクスも殿下からの手紙を読んでいた。

「なんでもない。王族は大変なんだなって思っただけだ。なんだか重要人物が現れたとか」

「ああ、この、教育係になったってところか？　よほどの重要人物なのかとは思うが……希少な加護なのかもしれないな」

ノクスや一般的な貴族は、稀有な力を持ったものが現れたくらいの認識なのかもしれない。

「ノクス」

「ん？」

「俺、頑張る」

闇落ちなんか絶対にさせない。

「うん？　セイはいつでも頑張っていると思う」

にこっと笑ったノクスの笑顔が眩しい。

俺の努力を認めてくれるノクスに嬉しくなる。

「ありがとう」

ノクスは俺の最推しだ。ノクスの笑顔が力をくれる。学院へ入学するまでできることを探そう。

主人公がノクスを攻略するなら、応援する。

そう思った時、胸の奥でした痛みには気付かないふりをした。

◇◆◇　◇◆◇

『神殿にはいつ訪ねてきてくれるの？』

いきなり目の前に綺麗な顔があった。月の神だった。

教会で呼ばれたあの部屋に俺はいる。いつの間に。急でものすごく驚いた！

月の神は二十代半ばくらいに見える。テーブルに引っ張っていかれて座らさせられた。

『すぐ来てくれるかと思っていたのに』

「それが、神殿の場所がわからないし、森は浅いところは大丈夫なのですが、奥に入れないので探しにも行けない状況で……」

『え？　神殿の場所、わからなくなっているの？』

月の神が首を傾げるのに俺は頷いた。

『なるほど、道理で祈りが少なかったわけだ』

「祈りは届いているんですか？」

『もちろんだよ』

月の神は優しく微笑む。

きらきらとした輝きは神の御威光というものなんだろうか？

「俺たちが祈るのは教会ですが、教会と神殿って違うんですか？」

『神殿は各神に一つしか与えられてないんだよ。神の領域だからね』

「はい？」

『神殿は神のいる場所だよ。教会は交信場所と言っていいかな』

「え、じゃあ、ほかの神様の神殿もあるんですか」

『海の神は海中にあるから人間には行けないけど、海の神が招けば行くことができる』

「今の時代、もしかしたら神殿の場所は知られていないような気がします」

『ほんとに？　そうか。神と距離ができたのはそういうわけか』

「あの……宵闇《よいやみ》の神様の神殿も？　領都のニエル助祭様が、宵闇《よいやみ》の神様の神殿がこの領にあるはずなのに場所がわからないって言っていたので」

『夜の君の？　もちろんあるよ』

「近くにありますか？」

『あると言えばあるし、ないと言えばないかな』

「え？」

『神殿に来てくれたら話そうか。待ってるよ』

え、ちょっと！　思わせぶりなこと言ったままお別れ!?

「神様！」

がばっと起きた。

「あれ？」

自分の部屋だった。ベッドにいた。あれは夢か。……やっぱり夜の君は宵闇《よいやみ》の神か。俺が神殿に行かないとダメなのか？　それはノクスに関係するのか？

「すっごい大事になりそうだけど、言うしかないか」

春の加護付与で、各地を回っている父はたまたま屋敷に戻っていた。時間を取ってもらいたいと家令に伝言して許可が出たので書斎を訪ねる。

「入りなさい」

「失礼します」

「セイが話ってなにかな？　どこかに行きたいの？　それともお勉強のことかな？」

父が大量の書類が積まれた机から逃れるように俺のほうに体を向けた。椅子に座るように言われて応接用の椅子に座る。メイドさんが紅茶を置いて出ていく。

「夢で月の神様が自分の神殿に来いって言ったんだけど、父様、神殿の場所を知っている？」

俺は父の問いには横に首を振り、夢の話をした。

「え？」

紅茶のカップを持ったまま父はぽかんと俺を見た。

「月の神様の神殿の場所だよ」

「月の神が夢に？」

「うん。俺は彼の神子だって言ってたよ」

「そうか。そうなんだな。言い伝えはほんとだったか」

かちゃりと音を立ててカップを受け皿に置いた父は、両手で顔を覆う。

「言い伝え？」

「セイの髪と目の色は、時々うちの家系に現れるって言っただろう？」

「うん」

「その色を持つ者は月の神の神子だと言い伝えられている。神子が現れる時はなにか起こる前兆だとも」

「それってなにが起こったかは……」

「そこは書かれていない。ただ、月の神は宵闇《よいやみ》の神の伴侶だから、宵闇《よいやみ》の神にも関係することではないかと推測できる。ここロアールの土地には月の神と宵闇《よいやみ》の神の神殿があるんだ」

「え？　宵闇《よいやみ》の神様の神殿？　教会の神官さんは、ロアールにあるらしいけど場所がわからないって言っていたよ」

「ああ、宵闇《よいやみ》の神の神殿の場所はわからない。だが、月の神の神殿の場所は言い伝えにある」

「どこにあるの？」

「魔の森の中心部にひっそりとあると言われている」

「行けないいんじゃない!?」

そこってSランク以上の魔物がいるって聞いてるけど？

「だから実際行った者はいないらしい。その神殿は神獣に守られているらしい」

「神獣」

「白い狼、フェンリル。魔の森の主だ」

まさかのフェンリル！

「招かれたならたどり着けるだろうが。行くにしても準備をしなければいけないね」

父は深い溜息を吐いて俺を見つめた。心配そうな視線に申し訳ない気持ちになる。

「じゃあ……」

「近いうちに行けるように考えておく」

「父様、ありがとう」

「いや、我が領の守り神の願いをかなえるのは領主の務めだよ」

「神様に会えたら伝えておくね」

「ありがとう。では話はこれでおしまいかい？」

「うん」

「なるべく早く出発できるよう準備をするよ。では行きなさい」

俺は父の部屋を出た。

なにかが起きる前兆。

魔王。

ノクス。

宵闇《よいやみ》の神。

この世界は「星宵《ほしよい》」のシナリオをなぞっていくのだろうか。

会えたら聞いてみようか。ノクスを魔王にしないためのヒントくらいは教えてくれるかもしれない。

部屋に戻ろうとしたら、廊下にノクスがいた。話が終わるの待っていたのかな？

「ノクス」

「話は終わった？」

「うん」

「応接室でお茶をしよう。料理長がパイを焼いてくれたんだ」

「え、ほんと？」

「うん」

にっこりと笑うノクスの笑顔が胸の奥を熱くする。

並んで歩くと目線の位置にノクスの肩がある。ノクスの身長は百六十五センチはある。俺は十センチほど低い。顔も大分大人びてきて、可愛いというよりかっこいいになっている。鍛えているから細マッチョ体型だ。

「星宵《ほしよい》」のノクスに年々近づいている。穏やかに微笑むノクスの笑顔は、あのスチルの陰りを帯びた笑顔とは違う。この笑顔が凍り付くのは見たくない。

最推しの笑顔は俺が守る。決意を新たに応接室に向かった。

――イチゴカスタードのパイは絶品だった。


今日は魔力について教わっている。

貴族でも下級貴族は平民よりちょっと魔力量が多いくらいだったりもあるそうで、そこは魔力の器の成長期に魔力を蓄えられるかどうかにかかっているらしい。

母になる人が魔力量が多いと、母乳にも豊富に魔力が含まれていてそれが成長にも繋がるそうだ。乳母も魔力量が多い人を選ぶらしい。男オメガは母乳って出るのだろうか。ちょっと怖いから聞けない。ともかく、伴侶が魔力が多いのは歓迎されるみたい。

「セイの魔力量を知れば伴侶にしたい人が殺到すると思うから、学院に行ったら大変かもしれないね」

「えっ」

「だから、私と婚約予定だって言っておけばいいんじゃないかな」

にっこりとノクスが微笑む。黒く感じるのは俺の気のせい？

「え、ええ？」

「それともセイはアルファをたくさん侍《はべ》らせるのが趣味？」

なんか、とんでもないことを言った！　ノクス、大丈夫？

「いやいや！　俺はアルファの予定だって言ってるよね⁉」

「ちっ？」

「ちって！」

「細かいことは気にしない」

「するよ！」

「君たち、仲がよいのは大変よろしい。しかしまだ授業は終わっておらんぞ」

おじいちゃん先生に怒られた。まだ授業中だった。

「はーい」

「はい、すみません」

おじいちゃん先生はにこにこしているけれど、時折怖いから怒らせないように頑張っている。

貴族の階級は当主の魔力量も勘案しているので、魔力量が爵位の最低基準を満たさないと降格もありうるということだった。

トニ先生が調査した魔力と子供の死亡の因果関係について、はっきりと結果が出た。

今年の貴族当主会議でこれからの魔力に関しての扱いが変わるだろう、ということだった。

子供の時から制御を覚えさせること。制御できない子供の多い魔力は魔石の魔道具で吸い取ること。魔道具は教会に貸し出し、平民はその使用が可能なこと。その時に見つかった魔力の多い子供を保護すること。

領主は平民の子供にも配慮することになる。おじいちゃん先生は素晴らしいとトニ先生の調査結果を褒めていた。魔力は個人差があり、遺伝するけれども必ずしもそうではない。

少ない子供も魔力を伸ばせる機会があるし、自分の魔力を込めた魔石は魔法を使う時の魔力補充にも使えるらしい。

他人の魔力を込めた魔石はこの場合使えないそうで、例外が伴侶の魔石。婚姻したら使うことができるそうだ。婚姻したあと、魔力の波長が変化すると言っていた。

「先生、なぜ変化するんですか？」

不思議に思ったから聞いてみた質問だった。でもこれって微妙な質問だったみたい。

「それはバース鑑定後でないと教えられない案件じゃな」

「え⁉　な、なんで？」

おじいちゃん先生は苦笑を浮かべるのみだ。

「セイ、先生が困っているよ」

ノクスも仕方ないなあ、というように俺を宥める。

え、バース性が決定しないとダメって？　え、なんで？　ほんとになぜ？

「魔力を込めた魔石は大切にするといい。婚姻する時は相手の魔石と交換する者も多いし、いろいろ役に立つ」

ん？　魔石の交換？　あれ？　俺とノクスってすでにそれ、やってない？

婚姻をする者同士がする行為をしたってこと？

大人が困った顔してたの、そのせい!?

かあああっと顔が熱くなった。

子供って怖い。俺は今、ノクスを見られない。

見てしまったら、心臓が止まってしまうかもしれない。

「脱線はここまでじゃ。では、魔力量と魔法の威力の関係についてもう少し掘り下げていこう」

俺は自分の考えに気を取られてしまって先生の声が遠くに聞こえた。


父が王都に行く日になった。

ヴィンの七歳の誕生日までに公爵領に着くように日程を調整したみたい。

今回は師匠とともに俺とノクス、母もついていく。俺たちはその後ロアールへ引き返すけど、母は王都にもついていく。母には母の社交があるからとのこと。

ヴィンとエクラに会うのも一年ぶりだ。最近は二人ともしっかりしていてヴィンは剣が、エクラは槍が得意と聞いた。二人はノクスほどではないけれど、制御を教えたほうがいいとの判断が下され、魔法制御を教わることになったと聞いている。将来有望な二人だ。

公爵邸に着くとエクラとヴィンが迎えに出ていた。

俺は手を広げて待ったが、二人ともノクスに突進した。ノクスは俺を見て苦笑したけれど、しっかりと二人を抱きとめていた。

「兄上」

「兄さん」

ヴィン、お前の兄は俺だよね!?

「公爵夫人、お世話になります」

父が貴族の礼をとる。俺とノクスもならう。

父と母は一泊してすぐ王都へ出立するが、俺とノクスは一週間ほど滞在して領地に戻る。

毎年来ているので泊まる客室の位置は大体わかる。公爵家の使用人の顔触れはさほど変わらないが何人かは新しい人だなと思った。なぜならノクスへの悪感情が隠しきれていなかったからだ。

俺はため息を吐く。ここでずっとノクスが育ったら、傷つく機会も多かったんだろうな。

師匠も一緒だ。

「俺には休暇はないのか」とがっかりしていた。でも、師匠は休暇でも朝から鍛錬してるよね？

師匠がいないと冒険者活動はできないし、ノクスの護衛は師匠なんだから仕方ないじゃん。

父に公爵領の冒険者ギルドで活動する許可はもらった。公爵領の領都に出かけるのは初めてだ。

教会には行ったことがあるけれど街は見ていない。

公爵領の領都は壁に囲まれた城塞都市だ。

雪が多いので、雪の重みに耐えられるように工夫された建物が多い。公爵の屋敷は領都の北、王都へ向かう街道があるさらに北側にある。貴族の住む貴族街も北側。南側が商人や平民が暮らす街だ。

各種ギルドは街の中心部、東西南北の門に繋がる道が交差する、中央広場沿いにある。普通貴族は馬車を使うが、俺たちは徒歩で移動した。マントを着てフードを被ってだ。

冒険者ギルドに入るともうピークは終わったのか、冒険者の姿はまばらだった。

依頼の張り付けてあるボードに向かうと視線が追いかけてきた。

師匠が威嚇するとその視線は逸らされた。

「いいのあるかな」

「どうだろう。これはどうかな。農地に出たボアの討伐」

「いいね。素材は冒険者のもので、その代わり報酬が安いけど」

「ボア鍋とかいいな」

「鍋か」

うちの料理長は鍋料理もマスターしていた。冬は小型魔道（具）コンロ（ほぼ卓上ＩＨコンロ）に大鍋を載せて、給仕が取り分けてくれる方式で鍋を囲む。

「角煮もいいかも」

ボアがほぼ豚肉扱いだが味としてはそんな感じだ。俺、前世でイノシシ食べたことないし。

料理長は父と母についていったが、俺のアイテムボックスの中では時間が止まる。

帰ってきたら作ってほしいとお願いしよう。

「じゃあ、決まりかな」

ノクスが剥がして一緒にカウンターへ向かう。

受付に出すと、眉を顰められた。ん？

「ボアの討伐ですか。子供の冒険者には荷が重いと思いますが……」

「俺たち、討伐はかなりの数こなしているよ。記録見てみて」

「記録はすべてロアールですか。貴方たち、地元の冒険者ではないのですね。当ギルドは子供たちには討伐を許していないんです。成人してからになります」

「はあ？　王都でもそんなことは言わねえが。どういうことなんだ？」

「どういうこととおっしゃられても困ります。貴方は？　子供の保護者ですか？」

「ちっ、だめだ。残念だが引き上げるぞ」

「えー……」

「行こう、領都を見て回って帰ろう。いいかな、師匠」

「いいぜ。どうせ、暇だからな」

「お土産買おう！　じゃあ、いいや。お姉さん、カード返して」

「貴方がた、怪しいですね。フードを取ってくれますか」

「え？　なんで？」

「おいおい、お前たち、受付でもめるんじゃねえ」

いかつい顔の斧を持った冒険者が近づいてくる。

そちらを振り向いた俺たちのフードを後ろから受付嬢が引っ張った。油断した。

「なにをしやがる！」

師匠が怒鳴って剣を受付嬢の首にあてた。

「わりい、俺の失敗だ」

俺たちの髪と目が晒されて、ギルド内の空気が不穏なものに変わった。

周りの視線がノクスの髪と目に集中する。

「闇の精霊の加護持ちだ！」

「不吉だ」

謂れない差別と恐れの視線。蔑みの色を目に浮かべた冒険者たちに囲まれる。

ノクスを見ると、冷静な目で冒険者を観察していた。メイドさんの態度に心を乱した彼はもういない。なのに今、俺は怒りに震えている。魔力が爆発しそうなのは俺だ。

「なんの騒ぎだ！」

その声でギルドが鎮まる。あとで知ったが、ギルドマスターだった。

静かになった中、俺は一歩踏み出した。最初に声をかけてきた冒険者に近づく。がっしりした体型の冒険者の体格は柔道選手に近い。手足が太くて短めで、俺より頭一つ分くらい背が高い。

「セイ？」

歩き出した俺がなにをするつもりか問うようにノクスが呼びかけるけれど答えなかった。

「今、不吉って言っただろ。なに言ってんの？」

思ったより低い声が出た。目が据わっているのが自分でもわかる。

「は？　黒い髪と目は不吉の象徴だって決ま……っ……」

まだ言うかな。ほんとに許せない。

「ちなみにね、闇の加護じゃないんだよ。あんたに教えるのは腹立つから言わないけど。そもそも、あのタイミングで声かけてきたの、わざとだろ」

相手は冷や汗をかいて震える。ああ、魔力漏れてるのかな。

「なにを言って……」

「アイコンタクトしてたじゃない？　俺たちのフードを取ってなにがしたかったんだ？　聞かせてもらおうか？　それととりあえず、貶《おとし》める言葉を吐いたやつ全員土下座しろよ」

俺は周りを見回すと睨んだ。なにも言わなくても蔑む人間を制止しなかったのなら同罪だ。

「いいよ。いいから、気にしてない」

ノクスが俺を宥めるように言う。

でも、ある程度は力を示さないとこういう輩《やから》は調子に乗るんだ。

「こういうのは最初にガツンと言わないとダメなんだよ」

俺は身体強化をしてそいつの襟元を掴んだ。

「うちの領では黒は貴色だ。お年を召した方はみんな彼を拝む。それほど尊いんだよ。百歩譲って心で思ってもいい。だが態度に出すな。目に入れないで立ち去れ。いいか、今度その言葉を口にしたら、俺はなにをするかわからないぞ」

バタバタと倒れる音がした。俺たちを囲んでいる冒険者の何人かが倒れる。

ぐいっと、そいつを片手で持ち上げる。足が浮いた相手がもがく。ごとりと相手の持っていた斧が足元に落下する。軽く持ち上げた様子に驚いたのか、何人かの息を呑む音を聞いた。

「あ、謝る。だから、助けてくれ」

そいつの両手は締めあげる服を緩めようと襟もとに伸びている。浮いた足がばたばたと動くが、俺の腕は微動だにせず、さらに高く抱えあげた。

「俺に謝る必要はない。彼に謝れ」

「す、すまない、二度と言わない……ぐぅ……」

「もういい。首締まっているよ。おろして。そんな男の服を触るのも私は嫌だしね。あんたももういい。私たちの前に顔を見せなければなにもしない」

ノクスの手が俺の手の上に置かれる。

俺が手を離すと落下した男は尻もちをついた。そのまま這うようにして逃げ出す。

「浄化」

ノクスの魔法が俺の手を包んだ。怒りが消えていく。周りの冒険者たちが床にへたり込んだ。

「威圧、消えたね」

「うん？　威圧のスキルはなかったはずだけど……」

「私は気にしてないから。そんなに怒らなくていい。ああ、でも私のために怒ってくれるのは、とってもドキドキしたよ。嬉しくて」

重ねられた手が俺の手を恭《うやうや》しく握る。そしてその指先にノクスがキスをした。そのまま上目遣いで俺を見て微笑んだ。

「消毒、終わり」

ボン、と音がするくらいに顔が熱を持った。

キャーっと声が上がった。受付のほうからだろうか。

「おーい、イチャイチャは済んだか？」

熱い顔をどう冷まそうかと思っていると、師匠が声をかけてきた。

振り向くと、師匠の横に大柄な筋肉質な師匠より少し若い男が立っていた。

師匠は剣を収め、さっきの受付嬢は蒼白な顔で震えていた。

「イチャイチャ……」

顔の熱が収まらないまま、さらに熱が上がった気がする。

「大丈夫です。落ち着きました」

冷静で上機嫌なノクスの声が間近で聞こえて、ドキッとした。

「別室で話そうって、ここのギルドマスターが言ってるぜ」

受付嬢はほかの職員に連行され、俺たちは別室へと移動した。

「非礼をお詫びしたい」

移動した先の応接室で頭を下げるのを、ノクスが手で制する。

「いえ。こういうことはたまにあるから特には。いきなりフードを外されたのは驚いたけれど」

ノクスが手でギルドマスターを止める。でも、俺は納得いかない。

「子供に討伐は無理だって言うし、スキル鑑定終わってちゃんと正式なEランクになってるのにどういうこと？　そりゃあ、技量がない子供に対して配慮するのはわかるけど、装備だってちゃんとしたものを付けているし、実績もあるのに」

思わず抗議する。声が尖るのを抑えられなかった。ノクスの浄化で怒りのメーターは下がったけれど、完全には収まってない。

「ああ、カードの記録は見せてもらった。確かに子供の討伐はなるべく危険を減らそうと、技量不足の子供には違う依頼を勧めるように受付を指導してはいる。だが、この記録を見て撥ねつけるわけはないんだが……」

「坊っちゃんたちに危害を加えたんだ。どういう意図があったかちゃんと調べてくれ。もっとも、その気になればあそこにいた全員がヤバいことになるから慎重にな」

それに師匠が後ろについているのに、俺たちの素性がわからないような受付ってどうなの？　うっすらと察するよね？　でも、ほかの受付の人も止めてはいなかった。常に子供や低ランクを下に見ているのが当たり前なのかな？

「わかっている。依頼を受ける時は私に連絡してほしい。きちんと対応させていただく。受付にも言い含めておこう」

俺はもうこのギルドで依頼を受ける気持ちはなくなった。公爵領でノクスへの偏見がひどいのが身に染みたから。ノクスを嫌な目に遭わせるのは避けたい。それに俺が嫌な気分になる。

「……よろしく。師匠、屋台行きたい。屋台！」

フードを被っていれば、買い食いくらいはできるだろう。こんな気分のまま、帰りたくない。

「私も街を見たい。連れていってほしい」

ノクスは空気を読める子だった！

ありがとうノクス。俺を宥めてくれなかったら危なかったかもしれない。……指へのキスは驚いたけど。

「ああ、わかったわかった。これで失礼する。来る時は事前に連絡を入れる。調べた結果は公爵家へ」

「必ず」

ギルドマスターは深く頭を下げる。俺たちが出ていくまで、そのままだった。

数日後、調査結果が届いた。

あの受付嬢と声をかけてきた冒険者、その仲間は目を付けた子供の冒険者を襲っていた。受付嬢が依頼を調整し、人気《ひとけ》のないところで後ろから襲って金品を巻き上げる。俺たちと一緒にいた師匠は遠ざけて襲うつもりで関係を聞いたらしい。フードを取ったのは顔を覚えさせるため、だったみたい。

余罪が多そうなので牢屋行き。法に裁かれることになるそう。

「はっきりしなけりゃ不敬罪でしょっ引く方法もあったがな」

「不敬罪」

「坊っちゃんたちは忘れているようだが、貴族の子息だからな。特に自領の領主の子息に強盗目的で突っかかったら普通に考えてもやべえだろ」

「確かに」

「セイアッド坊っちゃんがキレなきゃ、俺が斬り捨てていたかもしれねえ。護衛だからな」

「師匠、いつもありがとう」

「あと、人前であんまイチャイチャしねえでくれると助かるがな」

「してない！」

「善処する」

師匠の呆れた顔がデフォルトになりそうだった。

冒険者ギルドに行く用事がなくなったので、余った時間は弟たちと過ごすことにした。

ノクスは今、弟たちの面倒を見ている。師匠と一緒に剣の鍛錬だ。エクラは槍が得意だけれど、基本の剣術はヴィンと一緒に教わっているようだ。

ノクス大好きなヴィンの目が輝いている。それを横目で眺めているエクラには悪いことをしている気がする。ロアール家にノクスが滞在しているから、一緒に暮らせない。

今はヴィンと一緒にいるから少しは寂しさが紛れているだろうか。

ヴィンとエクラが並んでいると昔の俺たちを見ているようだ。

ヴィンは父似で、エクラは最近公爵夫人の顔立ちに似てきているから、俺たちが四人並ぶと小さいころの公爵夫妻と俺の両親みたいに見えるそうだ。そう言った師匠の目は孫を見るような目だった。

師匠の強さにヴィンとエクラも気が付いていて、剣術の鍛錬の時はまとわりついている。

二人の剣術の先生が一歩引いて見ていた。なんとなくそわそわもしている。師匠は剣聖だから、憧れるのは仕方ないよね。

彼は普段は公爵家の護衛を務めている人だそうだ。彼は剣より槍が得意で、エクラにも教えているうちに、エクラは槍が得意になったそうだ。彼にとっても師匠は憧れで、英雄を見るような目で指導している姿を見ていた。

俺は師匠に教わっていることを感謝しないといけない。そんな英雄を二人で独占しているんだから。

ヴィンとエクラが並ぶと、ヴィンのほうが体格がいい。エクラのほうが一回り細く、背も低い。エクラは本が好きで、ヴィンが来るまでは肉体を使う鍛錬はさほどしてなかったそうだ。

その辺で差が出たのかもしれない。ヴィンはうちの騎士たちとよく鬼ごっこしてたからなあ。あのワイバーン来襲事件以降はノクス大好きで鍛錬の時間は一緒に参加してたし。

俺も今は剣の鍛錬をしているけど、得意なのは弓だからあまり上達した感じはしないんだよな。

「セイ兄様」

エクラがとことこと俺に寄ってきた。

「ん？　どうしたの？」

「弓を教えてもらいたいの」

「弓？　槍が得意なんじゃなかった？」

「投げるのが上手くいかなくて。弓は的を射るところが一緒だって思ったから……」

「そっか。ま、遠距離攻撃は使えたほうがいいかもね。エクラは後ろで指揮執るから。前線より、後ろにいたほうがいいし。よし、弓を用意してもらおう」

それから一通り教えて、俺も一緒に弓の鍛錬をした。

俺は魔力の矢を射るほうが多いけど、通常の矢にも慣れておかないと魔力切れを起こした時が心配だ。アイテムボックスがあるから、矢はなくなってもいくらでも補充できるし。

エクラは弓の才能もあるみたいで、すぐ矢を飛ばせるようになった。

つがえて飛ばすのはコツがいる。目もいい。俺は索敵スキルで照準を合わせるずるをしているけど、エクラはまだスキルを覚えてはいないから素の才能だ。投擲は石を投げることを勧めた。ボールでもいい。的に向かって投げればスキルがもらえるだろう。

エクラと一緒に楽しく鍛錬していたらノクスとヴィンがやってきて、剣のほうに引っ張っていかれた。模擬戦をすると言われ、ノクスと俺、ヴィンとエクラでやった。

二人とも手加減しなかったので俺とエクラはぼろ負けした。ちょっとむかついた。

鍛錬後のお茶の時間は四人揃って楽しむ。公爵家のパティシエが作った美味しいお菓子を食べて、うちより高級なお茶を飲んだ。

ヴィンとエクラは仲よくやっているようで、勉強も競い合って二人ともなかなかに優秀らしい。

今も目の前の二人はこの菓子が美味しいとかいろいろ話すので微笑ましい。天使が二人いる。俺はにこにこして二人を眺めている。

隣の天使は天使じゃなくなって、イケメンの道を驀進《ばくしん》しているけど。最近色気がすごいんだよ。

二人の家庭教師は公爵家のつてで揃えた家庭教師で有能な教師ばかりと聞いた。俺とノクスの家庭教師も公爵家が手配した家庭教師だ。

もっとも、雇うお金はうちも出していると思う。出しているよね?

ただ、事情を知らないほかの寄り子の家からすると贔屓《ひいき》していると思われるんじゃないだろうか。

兄弟が離れ離れになって育っているけれど兄弟仲は悪くないし、逆に公爵家にはいろいろしてもらっていていいのかと思う。

ノクスのことはセンシティブな問題があると思うけれど、今ノクスがロアールに滞在しているのはノクスが希望して公爵が許してくれたからだ。

十歳の祝福の儀以降、ノクスは俺に対して態度を変えたけれど、俺も変えたからそこはおあいこ。

最推しの成長を見守るポジションは確保しているから問題ない。

近すぎるけど、問題はない……ないといいな。

「セイ、こっち見て」

「ん?」

ノクスの声に、そちらに顔を向けると口にお菓子を放り込まれた。

とりあえず食べる。もごもごと口を動かしているとノクスが真剣な顔で言う。

「熱心に弟たちを見ていると妬けるな。できれば私を見ていてほしい」

お菓子のカスが口元についていたみたいで、ノクスはそれを指で拭うと自身の口に入れ、目を細めてにっこりと微笑んだ。

俺は詰まりそうになった菓子をごくりと呑み込む。

「美味しい」

マナー違反！　マナー違反だから！　俺は真っ赤になってはくはくと口を動かした。

「兄上はほんとにセイ兄様が大事なんだね」

感心したエクラの声に俺は撃沈してテーブルに突っ伏した。

ああいうの、大事って言うのかな？

短い滞在期間だったけど、ヴィンとエクラとの交流ができてよかった。

◇◆◇　◇◆◇

数日後、公爵家から無事ロアールへ戻ってきた。

今は父も母もいないから、俺が唯一の伯爵家の人間になる。

成人してはいないから、指示とか重大な決定はできないけれど、なにかあれば俺から家令の代理になる執事を通して父に連絡することになる。

家庭教師さんたちは英気を養ったのか、もう俺たちが着いた翌日から授業の再開をするようだ。

ありがたいけどありがたくないような気がした。ちょっと休ませ……いや、なんでもないからね。

冒険者稼業は近場から再開することにした。

父から森の奥へ行く許可はまだ出ていない。今日は森の浅いところの薬草採取だ。常設依頼の魔物が出てきたら討伐するつもりだ。ホーンラビット、ボア系、鹿系が主になる。森狼も多少出るけど、縄張りはもっと奥なんだって。

冒険者ではなく、村で狩人を生業《なりわい》にしている人もこの辺りでは見かける。俺たちを見ると嬉しそうにして頭を下げる。特にノクスには好意的だ。

それが嬉しくて思わず笑みが零れる。むに、とノクスに頬を掴まれた。

「な、なんだよ？」

手をパシリと叩いて、ノクスから離れる。

「あまり愛想を振りまくのはよくない」

「はあ？」

「そこ、イチャイチャするな」

師匠のやる気のなさが窺える棒読み突っ込みが入った。飽きるほど口にしているからかな？

「してない！」

「わかった」

俺たちの答えも定番、というかパターン化？

こんなことやってる場合じゃないんだけどな。魔の森に入っているんだから、魔物の襲撃に備えないと。頭を切り替えて索敵に意識を向けた。

索敵マップを見ると少し奥のほうに魔物が固まっているのがわかった。以前来た時はこんな集団は見なかったのにな。

「師匠、この方角の奥に魔物が集まっているところがあるんだけど」

「どのくらい先だ？」

「五百くらいかな」

「相変わらずそのスキルすごいな。よし、偵察に行くぞ」

薬草を依頼分採取してから向かう。慎重に森を進むとなにかの干渉を受けた。

「あれ？　今、なにか変じゃなかった？」

振り向くと、二人はいなかった。

いや、いる。マップを見るとすぐ側に。俺はその光点に近づくように一歩下がる。

二人がいた。驚いた顔で俺を見る。

「セイ！」

ノクスに抱きしめられた。驚いてその背に手を回した。

「いきなり消えたから驚いたぞ」

苦笑しつつ師匠が俺たちに近づく。

「え？　俺からしてみると二人が消えたんだけど……あ、結界？」

「結界？」

「この辺り通り抜けると変な感じがしたんだよ」

抱きつかれたまま動けないのでノクスの腕を叩くと、渋々俺を離した。

「俺と手を握って通ってみる？」

「よし。あ、師匠は私の手を握ってください」

「ノクス坊っちゃんはこんな時でもブレねえな」

ノクスの手を握るとさっきの場所を通り抜ける。やっぱりなにかの干渉を受けた。俺にはなんとなく想像がつくけど、確証はないのであとで魔法の先生に聞いてみよう。

そして、二人は無事通り抜けられた。

「よかった。俺には効かないのかな、これ」

「そうだな。とりあえず、手は繋いだままで進むか」

「賛成だ」

師匠の言葉にノクスが食い気味で賛成した。握る手に力が籠もる。

そういえば昔は手を握って移動してたのに、父のせいでなかなか握れなくなった。こんなのは本当に久しぶりだ。少し嬉しくなったが気を引き締める。

「行くぞ。坊っちゃんたちは俺の後ろで」

しばらく進むと光点が集まる場所に近づいた。

「師匠、もうすぐだよ」

「わかった」

木々の間を抜けると目の前が開けた。泉があって、そこに魔物が水を飲みに来ていた。

「魔物の水場？」

木の陰からは出ないで様子を窺う。

「そうみたいだな。だが、捕食関係の魔物が混じっているな」

「ここでは争いはしないとか、あるのかも？」

「結界を魔物に張れるとは思えないが……」

「ん？」

「なんだ、セイアッド坊っちゃん」

「あの泉の向こうに建物の影が見える気がする」

「建物？」

「なにも見えないが」

「そう？」

「とりあえずいったん戻るぞ。水場なら問題はない。調査するならもう少し装備を整えてくるべきだろう」

「はい」

「わかりました」

そして俺たちは森を出た。探索を切り上げて屋敷に戻る。

屋敷に戻って一息つき、応接室で森でのことを話し合った。

実態が掴めないため、冒険者ギルドに調査を依頼することになった。おじいちゃん先生についてきてもらい、結界について解析をお願いする。

魔物を間引いて結界を越えた先になにがあるのか調査する。

結界は俺以外に越えられないのかどうかも冒険者たちの調査で判明するだろう。調査結果を踏まえて、最終的には俺とノクス、師匠、おじいちゃん先生が行く予定だ。

方針が決まると師匠は応接室を出ていった。冷めてしまった紅茶を口にする。

ノクスはただ黙って俺が紅茶を飲む様子を見ていた。

「なに？」

「ん？　別に」

「じっと見られると落ち着かない」

「どうして？」

「どうしてって……」

最推しに見られると落ち着かないに決まってる。

「私はセイを眺めると幸せになるから見ているだけだけどね。それに、こうして二人きりだとドキドキするよ。セイもドキドキしてくれるなら嬉しいんだけど」

もうとっくにドキドキしてるよ！　なんて言えないから、俺はテーブルに突っ伏すしかない。

「もう寝るの？　寝るなら寝室に行ったほうがいい。……抱き上げて運んでもいいけど」

「間に合ってます！」

がばっと起きて、俺は部屋に戻ろうとした。

ノクスも立ち上がって俺を見下ろす。

「おやすみ」

ちゅっと額《ひたい》にキスされて、思わず目を見開いた。

「お……お、おやすみ！」

真っ赤になって逃げ出した俺は悪くない。

しばらく（といっても三年くらいだけど）されてなかったから破壊力がすごい！　指先は時々あったけど！　顔があんな至近距離なんて……

ベッドに潜り込んでもなかなかノクスの顔が頭から消えなくて、次の日は寝不足だったのは言うまでもない。


二週間後、調査結果が出た。

冒険者には結界のある場所で結界の発見すらできなかったこと。何チームか派遣したけれど、同じ結果になったとのこと。

それによってあの結界というか、水飲み場は俺にしか認識できてなかったと判明した。

ノクスも師匠も俺が目の前から消えたのは認識できたけど、その先には行くことすら思い浮かばなかったらしい。

普通の結界というか、障壁がそこにあるとわかるし魔力を感じる。それと違って、人除けの魔法がかかっていると推測された。

つまりは俺の索敵スキルは人除けの魔法すら関係ないってことだ。

今日はおじいちゃん先生も連れて例の結界がある場所に来た。

あの場所はマップにマーカーを付けたからここで間違いがない。

「この先が水場です」

俺は一人でその先に行こうとしてノクスに手を掴まれ止められる。

「危ないから、一人じゃだめだ」

「それは言えてるな」

師匠にも言われて、いったん立ち止まる。

「目には森が続いているようにしか見えないが、意識してまっすぐ進もうとしないとこの先を迂回するような作用があるということじゃな。ふむ」

おじいちゃん先生が顎に手を添えて考え込んだ。

「じゃあ、進みます」

ノクスと手を繋いだまま、結界の場所を通り過ぎる。やっぱりなにかが干渉する感覚がしてさっきまで立っていたところを見ると、師匠もおじいちゃん先生もいない。マップには二人の光点はちゃんと見えていて、そこにいるのはわかる。

「戻ろうか」

「うん」

そして戻ろうとしたけど、なぜだか進めない。

「あれ？」

「どうした？」

足が、その先に進めなくなっている。

「戻れない。この向こうに二人がいるけど、この間みたいには戻れなくなってる」

俺は光点のある場所を睨むけど、そこに向かおうとするとなぜだか元の場所に戻る。

俺にも、この結界の人除けの魔法が作用している。

「誘い込まれたか。セイが目的ってことか」

「え？」

「少なくともこの間との違いは師匠がいるかどうかだ」

「あ」

「私はいてもいいと判断されたかはわからないが、一人で入ったらきっと戻れなくなっていたよ」

「あの時は戻れたよ。最初は俺一人で……」

「うん。でも今回この結界を張った主は私たちを返すつもりはないようだ。招かれたな、私たちは」

「招かれた」

「悪いものではないとは思うけど、目的や正体がわからないから慎重に行動しよう。まずは水場を確認しようか」

「うん」

ノクスの手をぎゅっと握り締めて、俺たちは先に進んだ。

水場には先日より魔物が少なかった。俺は鑑定を使う。

泉は【回復の泉】と出た。天然のポーション、というか聖水に近いものだ。

その泉を越え、木々の間を抜けると村があった。

「村だ。こんなところに村なんて……」

「聞いたことがない」

「そうですね。ここは異界です」

後ろから声がして驚いて振り向いた。絶世の美女がそこにいた。

長い緑の髪に水色の瞳。こんな森の中には不似合いの、古代ギリシャのような長い一枚布を体に巻き付けて腰で絞ったような服を着ている。薄絹のような光沢のある布で、動くとさらりと衣擦れの音がした。

そして彼女の耳は長かった。いわゆるエルフのような尖った耳。

「私は守り人。豊穣の神の眷属《けんぞく》です。森人とも、貴方たち人族にはエルフとも、呼ばれています」

やっぱりエルフだった！

「この村は私たちの隠れ里です。月の神の神子殿、そして夜の君。貴方がたがここに訪れたなら、導くようにと豊穣の神に言いつけられております」

「豊穣の神様？　月の神様じゃなく？」

「豊穣の神も信仰を集めていますが、月の神の眷属神《けんぞくしん》です。さあ、参りましょう」

俺は思わずぎゅっとノクスの手を握った。

ノクスの顔を見るとノクスは微笑んで頷いた。

俺は神子と呼ばれたけれど、ノクスは夜の君だ。

やっぱり夜の君は宵闇《よいやみ》の神ってこと？　加護が強いだけじゃないの？

森の奥に歩いていく、エルフの背中を見てついていく。その森は明るく魔の森とは違う植生だ。

木々の間が広いから地上まで日の光が届いている。小動物が枝を歩き、小鳥の鳴き声が聞こえる。

彼女は異界と言った。結界に閉ざされたのではなく、別の空間に繋がれているのだろう。

魔の森は魔物の氾濫《スタンピード》がある。普通にいれば魔物に蹂躙される。しかしさっき見た村には蹂躙の跡などなく、平和そのもの。年季の入った家もあった。彼女の言ったことに嘘はないのだろう。

「こちらです」

丈の短い柔らかな草が絨毯のように生えた開けた場所に出た。

その奥にまるで木々に守られるように白亜の建物があった。石造りの二階建ての、ギリシャの神殿のような建物。入口には雨除けが突き出していて両脇には柱。その奥に扉が見えた。

入口で立ち止まって彼女は俺たちを招く。すると、扉がひとりでに開いた。

「どうぞ。月の神がお待ちです」

俺たちは中に入った。真っ暗な中で床に魔法陣が光った。

「なに？」

光に包まれた次の瞬間、俺たちは別の場所にいた。目を開けると見覚えのある空間。教会や夢で見た、あの部屋。

ノクスは俺を腕で抱いていたけれど、その体から力が抜けてずり落ちそうになった。顔を見ると意識がないようだ。今度は俺が支えるように抱きしめる。

「やっと来たね。待っていたよ」

テーブルに肘をつき、優雅に微笑む月の神がそこにいた。

「初めまして？」

「そうだね。実体で会うのは初めましてかな？　夜の君をそこに寝かせてあげて」

そこ、と月の神が言うとソファが現れた。そこにノクスを横たわらせる。

「彼は大丈夫だから、こちらに来て座って」

俺は頷くと椅子に座った。大理石のようなテーブルの上に茶器が現れて紅茶のいい香りが漂う。

「あの、ここに呼んだのは」

「今代の神子とちゃんと会おうと思ったからかな」

「はあ」

「あと、彼、夜の君のことを話したくてね」

「その、夜の君ってなぜ呼ぶんですか？」

「夜の君だから、かな？」

「えーと」

「今彼は、宵闇《よいやみ》の神の神殿に行っていると思うよ」

「え？」

「私の神殿と宵闇《よいやみ》の神の神殿は繋がっているからね」

「そう、なんですか」

「呼んだのは一つ警告しておこうと思って」

「警告？」

「神の事情に巻き込んでしまうかもしれない」

「神の事情？」

俺は首を傾げた。

「下界にも神について伝えられているでしょう？　夜の君と昼の君は仲が悪いんだよ。昼の君は浮気性であちこちに手を出すんだけど、矛先が私に向かったことがあってね。怒った夜の君と争いになってしまってお互い顔を合わせないようにと、世界を二分した。昼と夜はそうして別れたんだ」

月の神は困ったように微笑む。

「お互いの伴侶はそれぞれに付き従った。本来昼は私が管理していたんだけど、その権能《けんのう》を人族の神に譲り、私は夜の君とともに彼の手の出せない領域に引き籠もったんだ」

俺はその話を聞きながら前世の世界の神話を思い出した。神様同士の争いや恋愛事情。

「ほかの神はそれぞれの思惑で動くから世界の中間にいる。昼だろうが夜だろうが構わないけれど、生き物は習性の違いで夜の世界のものと、昼の世界のものに別れた。人族は昼の君を中心に、夜に生きるものは夜の君を中心に」

　神話ってどこの世界も、生々しいなあと思ったのは仕方ないよね。

「人族の王族の多くは昼の君を崇める。そして夜の君を嫌う。だから宵闇《よいやみ》の神の加護を宿したものは迫害されていったんだ。もちろん人族のすべてがそうではなく、ロアールのように崇める地域もある。いや、私と夜の君がここに神殿を構えているから、かもしれないけどね」

　月の神は肩を竦めてみせた。

「神は信仰を受けると力が強まるから、昼の君は神の中でも力を持った。元々人族の信仰から興った神で主神ではなかったんだ。太陽の神、昼の君と呼ばれるのも、昼を司る権能《けんのう》を手にしたからだけどね。それまでは人族の神と呼ばれていたよ。だから神の格は夜の君に劣る。だが、信仰の力の差で信仰を多く受けられない夜の君の力は弱っている。下手をすると、この世界から弾き出されてしまう」

「そうなるとどうなるの？」

「この世界に夜がなくなって世界は滅ぶかもしれない。夜の君は神界に戻って新たな世界を管理することになるかな。当然私も付き従うから月もなくなるけどね」

「大変じゃないですか！」

「そう、大変なんだよね。だから、夜の君を助けてほしいんだ。創生の時代と違って神の権能《けんのう》に制限があるからね」

「えええ？」

「君は昼の神の神子と仲いいじゃない。今度は大丈夫かもしれないね。じゃあ頼んだよ。できる限り私も力を貸すからね。ああ、それと夜の君への信仰も集めてね。この神殿は解放するから。私は顕現しないけど、交信できるようにはするからね」

はい？　どういうこと？

「自由にしていいって言ったじゃないか～！　嘘つき！」

「セイ、なに叫んでるの？」

あれ？

「神殿の中は教会の中とさほど変わらないね」

ノクス、夜の君と会ったんじゃないの？

俺はその言葉を呑み込んで周りを見渡す。

礼拝の間の先に月の神と宵闇《よいやみ》の神と豊穣の神の像と、対になる水晶玉があった。

教会を一通り回った。二階には部屋があって寝室などもあった。教会の中とほぼ一緒のようだ。

それから外に出るとエルフはおらず、回復の泉もなかった。

マップには思ったより近くに師匠とおじいちゃん先生の光点があった。

月の神が言った神殿の解放の意味がわかった。異界からこの世界に神殿を移したんだ。結界はあるけれど、それは魔物除けの機能に変わっていた。

「師匠！」

「先生」

「坊っちゃんがた！」

「無事でよかった。結界に変化があった時はどうしたものかと歯がゆい思いをしたが……」

おじいちゃん先生が手を伸ばして結界に触れると、すっと手が中へと消えた。

「私にも通れるようになっておるな」

顎に手を当てて一瞬考えるそぶりを見せたおじいちゃん先生は、すっと歩いて結界に入った。

「おい！　先生！」

師匠が慌てて追いかけた。俺たちも追いかける。

神殿は変わらずあって、師匠とおじいちゃん先生は驚いて見上げていた。

師匠とおじいちゃん先生は一通り神殿を見回り、誰もいないと確認して屋敷に戻ることになった。

「まったく、セイアッド坊っちゃんはなにをしでかすか、本当にわからん」

「俺のせい!?」

絶対違うよ！

俺は父に事の次第をしたためた信書を騎士に頼んで早馬で送った。神殿をどうするか、布教を頼まれたとかそんなこと。おじいちゃん先生の手紙も一緒に添えた。

神殿については父からの指示を待って、俺たちは通常の生活に戻った。鍛錬して勉強して、冒険者ギルドの依頼をこなす。一つだけ違うのは魔の森に行けば祈りを捧げるのを習慣づけたこと。

しばらくして父から嘆きを織り交ぜたお叱りとともに指示が来た。

『セイは目を離すと、いや、離さなくてもなにか起きるね。まったくもう、慣れたけど慣れないね！　神殿に関しては教会のほうに神官を手配できないかと相談したよ。あくまでも家で本格的に三柱を祀るからという名目でね。

だから、領民たちには古くからあった神殿を綺麗にして解放したということにしなさい。

領主一家だけが使っていた祈りの場を領民にも開放する方向で行こう。

魔の森にあるから領民には危ないので知らせてなかったという理由にしよう。

神託に関しては他言無用だ、いいね？

本格的に神殿に対して動くのは私たちが戻ってからにすること。神殿に勤めてもらう神官もその時連れて戻ろう。

セイ、くれぐれもなにもしないでね？』

ノクスと一緒に読んだ手紙に俺は複雑な気持ちになった。

「なんか、父様の俺に対する認識がひどい」

「いや、正しいんじゃないかな」

「ひどい！」

「セイは自覚がないからね。仕方ないね」

ノクスは父がいないからなのかわからないけど、最近は昔の距離に戻りつつある。

嬉しい反面、心臓が持たない時もあるのでほどほどにしてほしいと思う。

特に至近距離で俺に笑顔を向ける時とか。

今だってソファで父の手紙を読んでいる隣でノクスが手紙を覗き込むから、顔がものすごく近い。

さらには腰を抱かれている。

父がいたら慎み！　とか節度！　とか言って引き剥がされる案件だ。

そして俺の心臓が激しく悲鳴を上げている。

「ノクス、どうでもいいけど近くない？」

「どうでもいいならいいじゃないか？」

ノックがあって、呼んでいた師匠とおじいちゃん先生が入ってきた。

ノクスが離れなかったので、ソファでくっついて迎えることになる。

「相変わらず仲いいな。だが、もう少し離れようぜ、ノクス坊っちゃん」

「ちっ」

ちって!?　もう！

父からの指示を簡単に説明し、おじいちゃん先生には父からの信書があったので手渡した。

それを見たおじいちゃん先生がにっこり笑った。

「お二人とも魔法の腕を磨くようにとロアール卿のご希望じゃな。次の授業からは実技中心に切り替え、魔法学自体は復習程度にしますかな」

「魔法バンバン打っていいの!?」

「ある程度は抑えてもらってよろしいかな」

「はーい」

「私は防御を中心に覚えたい」

「では防御系の魔法を覚えてもらうかの」

後日、ノクスの前に魔法書が積み上がり、顔を引きつらせつつ詠唱を覚えるのに必死になっていた。俺もついでに覚えさせられたけど。

あれ？　そういえば森の主のフェンリルには会っていないなあ。もしかしたら、森の奥に言い伝えられた神殿への道があって、今回招かれたのはイレギュラーだったのかな？

それとも宵闇《よいやみ》の神の神殿は奥にあって、そこを森の主が守っているのかな？

ともかく、夏はそうやって過ぎ、秋を迎えるころ両親が神官さんたちを引き連れて戻ってきた。

そして帰ったばかりの母に呼び出された。

「母様、セイです」

「入りなさい」

「失礼します」

ここは居間だ。テーブルにはお茶とお茶菓子。母が手ずからお茶を淹れてくれた。

「いろいろあったみたいね。ほんとにセイはなにかしらやらかすのだから、心配だわ」

「……みんなしてやらかすって。不可抗力ですー」

唇を尖らすと母が指先で頬をつついた。

「可愛いわね。貴方がアルファでもオメガでも、私の子よ。愛してるわ」

「母様」

「これをね、セイに」

昔、王都の雑貨屋で見たピルケースだ。

違うのは、黒と金のちょっと豪華なものだった点。うちの紋章が入っている。

「これは……」

「中にはね、ヒート抑制剤が入っているわ」

「ヒート抑制剤？」

「オメガにはね、発情期《ヒート》があるの。子供を宿そうとする期間よ。その時に子供をアルファと作るの。発情期《ヒート》はオメガとして大人になった証拠なの。愛するアルファと愛し合って子供を産む。それがオメガの本能よ」

「母様」

「でも、愛するアルファがいなくても発情期《ヒート》は起こるの。その時のオメガはアルファを誘うフェロモンを出してしまうの。愛を抱いてない見知らぬアルファと子供を作ってしまう危険があるのよ。だから、伴侶のいないオメガはヒート抑制剤を飲むの」

「……」

「発情期《ヒート》が来たらわかるわ。体が熱くなって、どうしようもなくなる。その時にこの薬を飲んで。収まるわ」

「母様、俺は……」

「万が一のためよ。だから常に持っていて。貴方の運命の番《つがい》と出会うまで」

「運命の番《つがい》？　時々聞くけれど、どういったことなのかわからないんだけど……」

「アルファとオメガはね、一目見ただけで、ああ、この人だって思う相手がいるの。自分の愛する相手はこの人だって。そうして、ここにその印を刻んでもらうの」

母は、髪を上げて項《うなじ》を見せた。そこには噛み跡があった。うっすらと魔力を感じる。

「番《つがい》であるアルファに印をつけてもらうと、ほかのアルファの前で発情期《ヒート》は起こらなくなるの」

「それが番《つがい》？」

「そう。伴侶になったアルファに必ずつけてもらうのよ。それまでは首を保護するチョーカーをつけておきなさい」

「？　なぜ？」

「項《うなじ》を噛まれると番《つがい》になるのよ。無理やり番《つがい》にするアルファもいないわけではないの。念のためね。もちろん、セイが必ずオメガになるって思っているわけじゃないけれど、保険はあったほうがいいわ」

「うん」

そして母はチュッと俺の頬にキスをした。

俺が母の頬にキスを返すと頭を撫でられる。

「いつまでこうして甘えてくれるのかしら」

「母様」

「ノクス君の気持ちを受け止めてあげてね。きちんと考えてあげて」

「うん。わかっているよ」

ピルケースを握り込んで頷いた。

わかってる。だけど俺がオメガだってわかるまでその答えは出せない。前世の記憶が邪魔をする。

セイアッドとしての俺と、一平である俺。

『ノーちゃんが大事！』

『最推しを守らなきゃ！』

その二つは対立しないけど、気持ちにずれが出る。前世で男性だった一平が意地を張っているんだ。わかってる。

セイアッドは一直線だ。いつも。ノクスが大事で、一緒にいたい。

一平だった俺はノクスが最推しで魔王にしたくない。

オメガ性のことを考えたくないのが今の俺。ノクスにたまにつっけんどんになるのもそのせい。

ノクスを傷つけるようなことはしたくないのに。

居間を出て部屋に戻ろうとしたら、ノクスが待ち伏せしていた。二度目だ。ストーカー？

「セイ、応接室に行かないか？」

「うん」

一緒に並んで歩く。少し離れた立ち位置は十歳の時からのもの。

「手に持っているのは、なに？」

「母様からのプレゼント。お土産だって。それともちょっと早いけど、誕生日プレゼントかなあ？」

「ああ、それで呼ばれてたんだ」

「ノクスは父様に呼び出されてたでしょ」

「ああ、うん……」

珍しくノクスが視線を泳がせた。目元が赤い。

「？　怒られたとか？」

「いや、慎みを持ちなさいっていつものやつだった。あと神殿へ神官が行く時に同行するみたいだね。神殿についてはため息を吐かれていたよ」

「そうなのか……母様にも心配されたけどね」

「ふふ。セイだから仕方ないね。ああ、料理長がお菓子作ってくれたから楽しみだね。今用意してくれている」

その言葉を言えばいいと思って！

ん？　料理長のお菓子!?

「ほんと！　早く行こう」

俺は意識してノクスの手を握って引っ張った。

驚いた顔をしてから嬉しそうに笑ったノクスは、手を握り返してくれた。

ノクスが尊い。

料理長が用意してくれたお菓子はナッツのキャラメリゼとフィナンシェだった。

もちろん超絶美味しかった！

森の神殿へ出かける日。

秋晴れに青空が広がって爽やかな風が吹き抜ける。暑くもなく寒くもなくて過ごしやすい季節。

本当はピクニックや紅葉狩りに出かけたい天気だけど、そうはいかない。

今日は父と父付きの騎士、領軍から一部隊、神官さんたち一行、俺とノクスと師匠、おじいちゃん先生、それから魔術師団から結界に詳しい魔術師と攻撃と防御の魔術師各一名の大人数で森の神殿へ向かう。

俺とノクスは騎乗して向かった。馬車は神官さん一行と父、師匠とおじいちゃん先生、魔術師団一行が乗る。途中、村の外に野営する。

「この村に宿を作る必要があるな。徒歩で向かうなら街道も整備しなければならないと。加えて通常の魔物の氾濫《スタンピード》対策か」

父が難しい顔で夕飯の席で言っていた。村長の家に相応の客室がなく、領主もテントで寝る代わりに、夕飯は村長さんの家でとらせてもらった。

領主をテントで寝かせることに村長さんは気が気じゃなかったようだ。

馬車で寝るのはおじいちゃん先生と神官さん一行。これは仕方がない。それでも馬車の座席が柔らかく心地いいと神官さんたちに評判だった。

騎士さんたちはテントだ。師匠は俺たちと一緒のテントで寝る。

「護衛だからな」

野営の見張りは騎士団が交代で行う。いつもの野営よりちゃんと体を休められた。寝る時にノクスと手を握ったまま寝たせいもあるかもしれない。

翌日、森の入口に着いた。マップでマーカーを確認して道案内する。森では徒歩だ。

神殿の出現に関しては各村、街の長を通じて領民に知らせた。

各ギルドにも父から書状にて公表した。

正式に参拝できるようになるまでは見に行くこと自体控えてほしいとお願いしてある。

「おお」

「神気を感じます」

「素晴らしい」

結界の近くまで行くと神殿が見えてくる。神官さんたちが感嘆の声を上げる。

神官さんたち一行は司祭様、今回で副司祭になる神官さん、女性の神官さん（巫女さん？）そして神官見習いたちだ。見習いたちは神殿のあらゆる雑事を担う。清掃や司祭たちの身の回りの世話、お布施集め、などなど。女性と男性は半々のようだった。神殿の外に見習いの住む建物を建てるらしい。それまではテント暮らしになるそうだ。

ニエル助祭様は今回来られないことになってものすごくショックを受けていた。

あまりにかわいそうなので、父にブラック労働環境を改善してもらうように頼んでもらった。今の仕事環境だと休みがないから、休みに見に来るとかできないしね。

嘆願の結果、神官見習いさんたちが交代で教会の仕事も兼務してくれることになった。

そのうち専属をつけてもらえるみたいだ。よかったね！

魔物対策は騎士が交代で常駐するそうだ。魔物除けの効果を調べに魔術師団からも派遣される。小物の魔物なら瞬殺だろう。肉は狩りに行き、野菜は近くの村から仕入れるらしい。

今回来てくれた神官さんたちは月の神を奉じている教派から派遣された。

マイナーではあるが主神の一柱なため、それなりに主神とする教派がいるそうだ。

「月の神の神殿が発見されるなど、なんという僥倖だ」

司祭様は涙を零さんばかりにありがたがって祈りを捧げた。

まだ結界に入っていないんだけど。この人たちに俺が神子だなんて言ったら、神殿から出られないかもしれない。父の顔も引きつっていたからかなり信仰の深い方たちなんだなと思った。

結界を抜けて神殿の前に到着する。騎士と見習いたちはテントの設置に向かう。

三人の神官さんを連れて父と俺、ノクスと師匠、おじいちゃん先生が神殿の内部に入った。

祭壇の間に入る。

「おお！　素晴らしい！」

「なんという……」

「主よ」

神官さんたちは我先に祭壇近くまで歩み寄り、祈りを捧げていた。

なんというか、神職ってどこの世界も同じなんだろうか。でもこの世界は神との距離が近く、実際に神は存在する。俺は会っちゃっているから否定なんてできない。

神気が……と言っているから神の力を感じられるんだろう。

この世界の神官は授かるスキルに【神官】とある人を指す。そういう人のほとんどは教会に行って神職になる。それがあの見習いの神官さんたち。神官スキルがない人は神官と名乗れない。教会に属していても下働きや使用人になる。

「父様、これで俺は用が済んだ？」

「とりあえずはな。セイは祈らないのか？」

「やめとく。森で魔物狩ってくるよ。師匠、ノクス、行こう」

「夕方までには戻っておいで」

「うん。行ってきます」

そうして俺たちは結界を出て、ボア系の魔物を狩ることにした。

ボア系の魔物のいるところをマップで探す。

「ノクス、師匠、あっちにいるみたい」

「わかった」

「おう」

風下からそっと近づき、俺がまず目を矢で射抜く。

すぐにノクスが死角から近づいて首に剣を刺すと魔物は絶命した。

「ノクス、お疲れ！」

「もう、このレベルの魔物は敵じゃねえな、坊っちゃんがた」

「えへへ〜」

「ありがとうございます」

　血を水魔法で洗い流して近くの木に吊るす。そして血抜きと内臓の処理をした。

　マップでほかの個体がいないか探す。少し奥に三体の群れを見つけた。処理した魔物をアイテムボックスに収納して次の獲物へ向かう。

　木の間から窺うと木の実が落ちているのか、草むらに鼻を突っ込んで食事をしている三体の魔物を見つけた。

　同じように俺が三体目がけて同時に三本矢を射かける。三体の目に命中した。

　しかし先ほどの個体より大きい魔物だったせいか、ダメージが少なかったようだ。自分を傷つけた敵を探している。ノクスが走って一体を屠《ほふ》った。

　俺も次の矢を射かける。一体の目に当たってその個体は倒れた。残りの一体は逃げ出した。ボア系は敵に突っ込んでくるのが多いが、どうやら臆病な個体だったみたいだ。

　倒れた一体にとどめを刺したノクスがその一体を木に吊るす。もう一体は師匠が吊るしてさっきと同じように処理をした。

　逃げていった一体の反応は途中で光点に囲まれて消えた。ほかの魔物に襲われたようだ。

「ノクス、師匠、さっきの逃げていったやつをほかの魔物が倒したみたい。群れで囲ったみたいだからもしかしたらこっちにも来るかも。ううん、向かってきている」

　俺は二体を収納した。拠点に帰ってから残りの処理をしよう。

「逃げるには時間がないか。よし、迎撃だ、坊っちゃんがた」

「はい！」

「はい！」

木々の間から飛び出してきたのは森狼の上位種、グレイウルフ。森狼より賢く、狡猾な魔物。

血の匂いをたどってここまで来たのだろう。十体の群れに囲まれる。

「防御、身体、強化、盾！」

俺は身体強化を全員にかけて矢を放った。

三体の目を潰す。一斉に飛び掛かってきて乱戦になる。俺は弓を収納して剣を握った。

すでにノクスと師匠は剣で捌いている。俺は二人より剣技の腕はかなり落ちる。力もないしね。

でも、死なないようにすることはできる。避けて斬りつける。それの繰り返しで相手を削っていく。

同時に来られたら魔法障壁で弾く。

背後を取られないようにノクスと師匠の背中合わせに動く。

半数は地に伏せていて、さらに奥から一回り大きい個体が現れ、俺を目指してきた。

先に襲ってきている個体が俺の視界を塞ぐ。

当たりをつけて腹を切り裂いたグレイウルフが地に落ちる。そのすぐ後ろから俺の喉目がけて、
別のグレイウルフが飛び込んできた。

間に合わない！　死を覚悟したその時。

「ウォオオオオン！」

聞こえた遠吠えにグレイウルフの動きが止まった。

「え？」

どさりとすべてのグレイウルフが倒れ込んだ。

のそりと木々の陰から現れたのは白い狼。その巨体は襲ってきたグレイウルフの三倍はあった。

フェンリルだ。

そのフェンリルと目が合った。目の色は澄んだ翠色《みどり》。しばし見つめ合うと地に伏せた狼が意識を取り戻した。立ち上がると森の奥に逃げていく。

助けられた？　優しい目が細められ、フェンリルは踵を返して森の奥に消えた。

「大丈夫？　セイ……間に合わなくてごめん」

ノクスが焦った顔で、俺の顔を覗き込む。

「大丈夫。怪我はないから。……あれ、フェンリルだったよね？」

「多分、そうだと思う」

「多分な。さすがに俺も見たことねえから、断言はできんがな」

師匠がフェンリルとグレイウルフが消えた方向を見て、苦々しそうに言った。

後始末をして神殿に戻る。

ボアの処理を神官見習いたちに任せて父に報告した。

父は苦虫をかみつぶしたような顔をして、ため息を吐いた。

「セイだから仕方ないか」

俺のせいい!?　その言葉、困った時の便利ワードになってない!?

思わず父に食って掛かろうとした俺をノクスと師匠が止めた。二人も微妙な顔をしていたから父と同じように考えてるのがわかった。

ひどくない⁉

神殿の件はとりあえず片付き、フェンリルの件は保留になった。

◇◆◇　◇◆◇

冬が近づき、ノクスの十四歳の誕生日が来る。

冒険者の依頼で貯めたお金で買ったカフスボタンをプレゼントした。石はイエローダイア。台座はミスリル。もちろんリボンもだ。喜んでくれてよかった。

その次の俺の十四歳の誕生日にはノクスからいつものリボンとカフスボタンをもらった。石はブラックダイアモンド。台座はミスリル。

俺が贈ったカフスボタンと揃いになるようなデザインだ。心がそわそわした。

雪がちらついて、積もり始めて前世でいう大晦日、収穫祭の時期になった。

初めて許してもらった、領都での年越し。

新年を迎える夜に護衛付きだったけど、初めて祭りの広場に行った。ちゃんと領主の子としての挨拶もした。領が豊かになって楽しそうな領民の姿を見るのは嬉しい。

大きな焚火が焚かれている広場では一曲ごとにダンスを踊る若者の顔触れが変わり、次第に人が広場から消えていくのに気付いた。

「ノクス、あの人たちもう帰るのかな？」

「二人の時間を楽しんでるんじゃないか？　恋人を見つける機会だって聞いてる」

「え？」

「私たちも踊ってみるか？」

ノクスは俺に手を差し出してダンスを申し込む。

「え？　ノクス……ええ？」

差し出されたノクスの手に自分もそっと手を重ねた。

心臓の音がドキドキと大きく聞こえた。

曲が変わって俺たちもダンスの輪に加わる。腰に添えられたノクスの手をつい意識してしまう。

旅の吟遊詩人が奏でる音楽に合わせ、思い思いに踊るカップルに紛れて俺たちは踊った。

焚火の色がノクスを照らす。ターンすると流れる黒髪がオレンジに見えた。

かっこいい。

俺は見惚れてよろめいたが、ノクスが支えてくれた。

「もっと体を預けて」

「え？　あ」

耳元で囁かないで。力が抜ける！

ダンスも習ったのにステップにもたついた。それでも踊るうちに楽しくなって、音とノクスのリードに身を任せた。結局俺は終始女性パートだったけれど、それは全然気にならなかった。何曲か踊って踊りの輪を外れる。寒いはずなのに汗だくだった。

「楽しかった」

「私も、踊れて楽しかったよ」

「坊っちゃんがた、そろそろ屋敷に帰る時間だ」

護衛の師匠はお酒を我慢して俺たちを見守ってくれていた。屋敷でたらふく飲むんだってぶつぶつ言っていたけどね。

「はーい」

「わかった」

その夜はノクスと踊ったことを思い出してなかなか寝付けなかった。ドキドキしてすごく楽しかったから、興奮していたのかもしれない。

第四章　ゲームの始まりと主人公《ヒロイン》登場！

今年の春は俺とノクスも王都へ行く。貴族学院に入学の年だからだ。

四月から始まり、三月までが一学年。その年の一月から十二月までに十五歳になる者が入学資格を得る。四月から翌年三月ではないのがちょっとややこしいところだ。

四月の頭に入学試験があり、その成績でクラスが振り分けられる。けれど基本財力がある上位貴族が上のクラスになる。家庭教師の質がものをいう世界だ。

うちは伯爵家だけれど、公爵家並みの質の高い家庭教師に教わっている。もし成績が悪かったら先生たちになにを言われるかわからない。

入学資格が発生する子のいる貴族に入学案内が届き、その案内の中に試験の概要が書いてある。ペーパーテストの範囲、科目と実技の剣技、魔法のテストの概要。

ノクスと一緒のクラスがいい。だから頑張らないと。

先生たちは入学案内に書いてあった試験対策をできる限りしてくれた。その先生がたとはもうお別れだ。学院に入るまでの契約だからだ。

例外は師匠で、そのまま護衛として俺たちに付く。ほかに騎士二名と俺とノクス付きのメイドさんを一緒に学院へ連れていく。学院では基本が寮生活。使用人も一緒に生活できるよう計らってくれる。上位貴族の寮と下位貴族の寮は別れているそうなんだけど。

王都に出発する前の前の晩、先生がたの慰労会をした。

俺は号泣してしまい皆を困らせた。


当日、父がいつも王都に向かうよりも早く、領を出た。試験に間に合わせるためだ。今回は荷物が多い。学院の寮に入るためのものと、久しぶりに会うロシュたちへのお土産もあるからだ。リールも留学でこっちに来ると手紙で知らせてきている。

公爵領でヴィンたちに顔を見せて王都へまっすぐ向かう。試験まではタウンハウスで生活する。

その後、成績と寮が決まったら、入寮して四月十五日に入学式だ。

ざわざわとした学院の試験会場の受付に並びつつ俺は緊張で手が震えていた。

一緒に並んでいるノクスは泰然としていて、胆力があるなと尊敬した。

さすが俺の最推し！

受付の順番が来て、書類を見せた。

「A棟の一〇二号室に行ってください」

受付で受験票を確認すると札をもらった。ペーパーテスト会場の書かれた紙だ。受験票には番号と名前があり、その番号の席で試験を受ける。

「A棟の一〇一号室に行ってください」

あ、別れてしまった。

「セイ、終わったら迎えにいくから、待っていて」

「あ、うん」

「昼を挟んで実技だから、昼は一緒に食べよう。料理長のお弁当楽しみにしているんだ」

「ノクスは料理長のご飯がないと生きていけないかも？」

「それはセイもだろう？」

「うん。学院の食堂のレベルが気になる」

「確かに」

そんな話をしながらA棟の教室まで移動し、別れた。

国中の貴族が集まっているはずで、騎士爵の子供も通う。

三教室を使ってペーパーテストをして、昼を挟んで剣技と魔法のテストを交互に行う。

俺の席は教室の左の一番前。見回したが知り合いはいなさそうだった。

(皆一〇一のほうに行ったのか、一〇三と別れたのか)

しばらくすると試験官が入ってきて三時間に亘るテストが始まった。

(よかった。それほど難しくない)

全部解いて二度ほど見直しをした。名前も確認したし、番号もちゃんと書いた。

教室で待っているとノクスが迎えにきた。

「庭の四阿《あずまや》に行こう」

「うん」

ほかの受験生は食堂に行くみたいだった。

お弁当を収納から出して広げた。冷めても美味しいお弁当になっている。でも、俺のアイテムボックスは時間が止まるからホカホカなのだ！

「私の教室は殿下とロシュがいた」

「王族も試験受けるのか」

「それは受けるだろう」

「俺の教室は知り合いはいなかった。一〇三にいたのかな」

「そうだろうな。十五歳になる貴族の子供は皆受けないといけないからな」

「あ、美味しい。寮の部屋には簡単なキッチンはついてるって説明書きにあったけど、料理作ったことないからな。いっそ大量に作ってもらって収納するかな」

「さすがに作るとしても料理は使用人が作るだろう。そもそも簡易キッチンはお茶を淹れるための設備じゃないのか。料理長の仕事を増やすのはよくないぞ。そうでなくても新しい料理のために遅くまで試作してるんだから」

「確かに」

美味しい食事を終えて今度は実技会場に向かった。一〇一は剣技、一〇二は魔法、一〇三は半々で別れたみたいだ。終わり次第、次の試験会場に移動する。魔法は魔力測定と生活魔法の維持と制御を見るみたいだった。俺はトニ先生に教わったライトの魔法を維持してみせた。

周りの人は意外とそれができなくて、すぐ制御を乱していた。

（あれ？　魔法が使えるようになったらまず魔力制御を覚えるんじゃないのか？）

首を傾げながら剣技試験のほうに向かった。剣技は試験官としばらく打ち合うことで見るようだ。

俺はメインの武器は弓なのでちょっと不利だ。この授業は将来騎士を目指す猛者のためのようなものだよな。

キャーッと黄色い声が聞こえてそちらを見る。野次馬の間から覗き見た。ノクスだった。流れるような動きで打ち合う。

かっこいい。

「素敵！　ああ、でも黒髪黒目なのね」

「あれほど美形なのよ。遠くから見ている分には目の保養だわ。宵闇《よいやみ》の貴公子って感じ」

「ちっ、闇の精霊の加護のくせに目立ちやがって」

「めったなこと言うな。公爵家の子息だろ」

雑音が聞こえてちょっと嫌な気分になる。俺はその場を離れて剣技の受付に向かった。


「それまで！」

はあはあと肩で息をする。ロシュの親父さんが試験官なんて聞いてない。

「さすが剣聖殿に鍛えられているだけある。素晴らしい剣筋だ」

「ありがとうございます。でも俺は弓術士なので、剣は苦手なんですよ」

「なるほど。それほど素晴らしい身体強化なのに、か」

げ、ばれてる。脳筋の筋力に素で立ち向えるわけがない。

「はい」

「よし、試験は終わりだ。結果は二日後に掲示になる。その日のうちに手続きを取りたまえ」

「ありがとうございました」

会場の出口でノクスが待っていた。結局俺は他の知り合いに会わなかった。タイミングかな？

「魔法の試験には拍子抜けした。攻撃魔法を撃ち合うとかじゃないんだな」

ノクスが首を傾げた。

撃ち合いたかったのか？　魔法……

「魔法は得手不得手がはっきりするからじゃないかな？　生活魔法なら誰でも使えるし」

生活魔法の制御の有無は属性に縛られないから公平だと思う。

俺たちは屋敷に戻って、試験結果を大人しく待った。

そして発表日。

試験結果が張り出された。基本貴族は全員通うから入れない人はいないが、成績順に振り分けられ、クラスの下に名前が掲示される。名前が上のほうにあると成績がよかった、ということだ。後日試験の点数が各々に知らされる。公表はされない。

「ええと……」

「あったよ」

「どこ？」

「ほら」

ノクスの指さすほうを見ると、Ａクラスの名前が書かれているところにあった。

俺の名前は二番目、ノクスが一番目。

クラスは三クラス。上からＡ、Ｂ、Ｃだ。

「あ、ロシュと、シムオン、殿下もいる」

「リールもいるな。フィエーヤもだ」

「よかった。知った顔が多いのは安心する」

皆十番以内だった。優秀だね。

「よくやったね、二人とも。では手続きに行こうか」

「はい。父上」

「セイもいい成績だったね。私も鼻が高いよ」

「ありがとう。父様」

父と公爵も一緒にいるから俺たちは流れに身を任せて入寮の手続きを取った。

入寮の手続きを取って、必要な物は使用人が運び込む。

俺たちは部屋が整えられてから寮に入る。それまでは庭にある四阿《あずまや》でお茶を飲んで待つ。

伯爵まではＡ寮、その下からはＢ寮、Ｃ寮に入るよう区分けされている。貴族学院なので全員貴族だ。元平民もいるが魔力持ちは貴族に養子として引き取られるから貴族になる。元平民といってもそういう部分で差別はない。爵位への礼儀はあるけれど、それは当たり前。階級社会だからな。

学院ではそういう儀礼は省略。ともに学ぶ生徒でいちいち畏まってたら授業ができないから。あと男女別問題はA寮に関してはない。そもそもバース性が判明していないのでそれぞれの部屋はフロアを占有している。入口には使用人部屋があるのでほかの生徒が来ることは基本できない。もちろんあらかじめ訪問の手続きをしておいた場合は別。応接室に案内される。

B、C寮はコの字型の宿舎で男女に別れ、さらにバース性が判明すると部屋が入れ替わる。ややこしい仕組みだ。大体はわかっているからあまり移動はないそうだけど、それでもある。

A寮は分かれた棟が繋がったような少し変わった形だ。爵位の順に広い部屋数の多いものから少ないものになっていく。王族は一つの棟を使う。王族には護衛が付くから仕方がない。

俺は本来なら伯爵家だからA寮でも狭い部屋になるけど、なぜかノクスと同じ棟で俺とノクスしか入ってない大変広い部屋になった。しかも俺のほうが上の階。

三階建てで一階は共有スペース、広間と応接室兼談話室とそれに厨房、使用人の部屋、浴室は各階にそれぞれある。一階は使用人用。

二、三階は主寝室（スイートみたいな居間がある部屋）に書斎（勉強部屋）、衣裳部屋、浴室、使用人控室が階段側にある。

「すごい、下手なタウンハウスより広い！」

「ノクス、むやみにセイの部屋に行かないように。わかるね。君たちもノクスを夜セイの階にあげないように」

「はい。もちろんです」

「かしこまりました」

父の言葉にノクスと俺の使用人が頷く。

「口説くのは下の談話室にするほうが無難だよ」

「はい！　父上」

なんだかなあ。もう顔が熱い。公爵もにやにやしながらノクスをからかうのやめてほしい。

ため息を吐きつつ、寮の部屋に入った。

衣裳部屋には制服もあった。同じだ。「星と花と宵闇《よいやみ》と」のブレザースタイルの制服。

ブレザースタイルはこの世界では学院でしか見ない。やっぱり、この世界は乙女ゲームの世界に酷似している。

「セイ、入学式までは王都を見て回ろう。師匠が護衛についてきてくれる」

「いいね、それ。自由に見て回れる？」

「いいらしいよ」

「やったな！」

王都はあまり見て回ってないから楽しみだ。一通り確認して一階の応接室に降りた。

父と公爵に注意事項を聞かされ、最後は父は公爵に引きずられるように帰っていった。

食事は料理人が学院が始まるまでいてくれるそうだ。その先はまた考えてくれると言っていた。

食堂があるからいいけれど、料理長の料理に慣れた俺たちじゃ、ちょっと厳しいかもしれない。

書斎の積み上げられた教科書については考えないことにした。

◇◆◇　◇◆◇

「セイ！」

「ロシュ！」

ロシュが寮に訪ねてきた。手紙では交流は続けていたけど、会うのは殿下のお茶会以来になる。

お互い抱きついたら、ノクスに剥がされた。ロシュはくすくすと笑っていた。

ロシュはすらりとした体躯になっていて、鍛えられた体でとってもかっこいい。身長は一七〇センチくらい。俺は一六五センチくらいだからロシュのほうが成長が早い。

顔もふわふわした感じだったのが甘いイケメンになっている！　さすが攻略対象者。

応接室でお茶会になった。

「殿下には会ったよ。なんで三位なのに代表挨拶なんだ！　って唸ってた」

俺はちらりと隣を見た。ノクス、断ったんだ。

「王族の義務と思えって伝えたらいい」

ノクスがそう言うと、はっとした顔してロシュが笑った。

「あー、なるほど、ノクスが推薦したってわけなんだね」

そういえば俺に話は来てなかったな。

「殿下は慣れているだろうから、問題ない」

「わかった。殿下にまた会ったら伝えておくよ」

ほわっとした雰囲気は変わらないロシュがそう言って頷いた。刺繍の話や、近況報告をしてその日はお開きになった。

その次の日はリールとシムオンがやってきた。

「お前らは相変わらずだな」

呆れた様子で言うシムオン。シムオンもすっかり大人びていた。

「しゃーないだろ。番《つがい》なんだからな」

リールも海賊がいい格好してますって感じで、ますますワイルドイケメンになっている。浅黒い肌は日焼けでもしたのか、色が濃くなっている気がする。

「リール。お前はいいやつだ」

ノクスがリールの肩を叩く。ノクスはリールと仲いいな。そういえばゲームでも仲がよかった。

「いいのか？　あいつで。束縛激しいんじゃないか？」

眉を寄せたシムオンが俺に聞いてくる。あいつってノクスのこと？

「え？　束縛？」

いきなりなに？　思わず首を傾げた。

「シムオン。余計なことを言うと鍛錬に連れ出すぞ。師匠はいつでも付き合ってくれるからな」

「あー。セイアッド、強く生きてくれ」

「なんだよ、それ」

シムオンの言葉に口を尖らせた。

「で、そいつは？」

リールがシムオンに視線を向けて俺に聞く。そういえばリールとシムオンは初対面だった。

「リール、こっちはシムオン。俺の最初の魔法の先生の息子さん。シムオン、こっちはリール。アナトレー帝国の王子様」

「セイアッド。紹介が雑すぎるだろう。シムオン・トニトルスと申します、王子殿下」

「よろしくな。リール・ブルスクーロ・アナトレーだ。尊称はなしでいい。リールと呼んでくれ」

あれ？　二人とも背が高くなっている。ノクスとほぼ変わらない。ロシュより胸板が厚くなっていて、鍛えてるのがわかる。リールは王女に扱かれているのかもしれないけど。

ちょっと待って、俺が一番背が低いんじゃない!?

次の日は学園内を散歩。見取り図を見ながら、施設を確認していった。

広くて迷子になるからね！

上の学年もそろそろ休暇から戻ってきているようで、制服を着た生徒をちらほら見かけた。

俺たちも制服だ。制服を着ていると学生証の代わりになる。

基本、学院内は制服着用だ。ローブを着たり、多少の改造は許されている。ノクスは指を絡めるような握り方で手を握ってきた。ドキッと鼓動が跳ねた。

「セイは手を繋いでないと、迷子になりそうだからな」

「子供かよ！」

「まだ成人じゃないからなあ」

「もう大体大人で！」

「大人になったら背が伸びないよ？」

「じゃあ、子供で！」

「やっぱり、気にしてるんだ」

くすくすと笑うノクスは楽しそうだ。背が高くなったからって余裕だな！

「気にする！　同じもの食べて育ってるのに！」

「いや、セイは好き嫌いあるだろう」

「ない！」

「セロリ」

「うぐぅ」

「料理長が悲しんでいたから私はよく覚えているよ。あとピーマンと生の玉ねぎ」

「ぐううううう」

「動物かな」

「ノクス！」

あははと、朗らかに笑うノクスにゲームのような陰はない。それが嬉しい。

「午後は王都の冒険者ギルドに顔を出そう」

「うん」

「師匠が暇しているからそのうち暴れ出すかもしれない。その前に鍛錬場を使わせてもらえるよう許可を取っておこうか？」

「そうだね」

さすがに学院内は危険はないだろうと、師匠は寮にいる。冒険者ギルドには師匠も一緒に連れていかないと怒られる。

「ここはお茶を飲むスペースか」

「外で飲むんだ」

前世のカフェの屋外席みたいに外に丸テーブルが並ぶ。日よけもある。その先にあるのは食堂だ。食堂は学院内に何か所かある。授業を行う棟、教師陣が詰めている棟、各寮の食堂、各研究所がある棟。お昼はごった返すので学生のランチを取る場所は食堂だけではない。庭の四阿《あずまや》や各所の休憩スペースでもお弁当などを食べることができる。料理人を連れてきて厨房で作ることも可能だそう。

一通り回って明日は図書館に行くことにした。かなりの蔵書数で貴重な本もあるらしい。

お腹が空いたから部屋に戻って食事にする。料理人がランチを作ってくれている。

そのうち、食堂で済ますことになるのかな？

ご飯を食べたら冒険者ギルドへ。個室対応と師匠が睨みをきかせているから、視線を浴びるテンプレは起こらなかった。

貴族学院は一回生時に魔物討伐（というか野営実習）があり、ダンジョン演習もある。そのため、学院生は全員がギルド登録をする。もちろん学院内でしか使わないものだ。

学院に在籍している期間限定のカード。もちろん、扱いは同じで違うところと言えば王都のギルドでしか使えないこと、冒険者の等級が存在しないこと。

また学院生が依頼を受ける場合は学院内のギルド支部で行う。

すでにギルドに登録しているものは二重に持つことになる。正式なカードに学院のカード情報が組み込まれるので、二枚持つけれど情報としては一本になる。

王都を出て自領のギルドで依頼を受ける場合は正式なギルドカードを使う。

ダンジョンに入れるのはDランクからだ。学院生はギルドで言うところのGランクでも、学院では入ることが可能になる。俺たちが領でダンジョンに入れたように管理者の権限があるからだ。

領のダンジョンは各領主の采配も絡んでくるから、冒険者ギルドがすべて管理しているわけじゃない。領の兵士や騎士が入らない場所は冒険者が入らないと魔物が溢れるから、そういったダンジョンは必ず管理している。

王都のギルドに来たのは、学院のギルドでの一回生の登録が入学式以降だからだ。学院で使うギルドカードを先んじて作ることにした。

「学院生全員、冒険者登録するなんて思わなかったよ」

「私も」

知ったのは学院のカリキュラムを見てだ。一回生の年間スケジュールとギルドカードの取得の項目を見て驚いた。ダンジョンへ入る授業があったし、取得も義務だった。

地方領主の子供も通うから、魔物の氾濫《スタンピード》対策や魔物の討伐に慣れないといけないせいかと思った。

最初に登録した時と同じようにカードに血を垂らす。そのカードとギルドの登録カードを預けた。

そして学院用のカードをもらっておしまい。

身元が盛大にばれているけど仕方ない。魔力の波紋でわかるそうだし、守秘義務でちゃんと情報は洩れないようにしているんだって。

どんな仕組みなんだろう、そのネットワーク。気になる。

しばらく待っていると、カードを持った職員さんが戻ってきた。学院用のカードと、元々のカードを受け取る。

「無事終わったね」

「そうだね、セイ」

「よし、すぐ戻るか？」

師匠が聞いてくる。街を見て回ってもいいのかな？

「ちょっと街が見たいかな」

「わかった。徒歩でか？」

「徒歩で！」

食い気味に言うと師匠が苦笑していた。

王都の商業区画へ向かうとレストランが並ぶ区画に入った。

師匠が案内してくれたのは、こぢんまりとした店構えの外に人が並ぶ人気店のようだった。並んでいるのは若い女の子が多い。それから母くらいの年齢のグループ、カップルっぽい男女。

甘い匂いが漂ってきてお茶の時間だなと思わずごくりと喉を鳴らした。前世で見た、人気スイーツ店の並びに似ている。

「え、この店、父様が資本?」

「そうだ。デザートに特化したレストランだ」

それってカフェだよね? 師匠が知っていて俺が知らないの?

「料理長が王都に来るたび、王城の料理人に呼び出されてレシピを教えに行っている」

「ふむふむ」

「貴族間で話題になってレシピは飛ぶように売れている」

「ほうほう」

「そんなに売れるならと店を出したそうだ」

「それであの行列か〜」

スイーツ好きな人の行動は、どの世界でも変わらないなあ。

「入れなさそうだな。かなり並んでいる」

ノクスは行列の最後のほうを見て言った。確かに入れなさそう。

「予約すれば可能だ。伯爵にねだっとけ」

「それだったら料理長のご飯食べたい」

「週末、タウンハウスに行けばいいだろう。学院の夏休みが始まるまでは滞在しているぞ。一緒に領に帰るんだろう？」

「そういえばそうだった」

カフェは諦めて市場に冷やかしに行こうと皆で歩き出した。

王都の道はレンガで舗装されている。うちの領都とは大違いだ。

「料理長のご飯のほうがいいと思うぞ、セイ」

「外出許可いるんだよね」

「もちろんだ」

ノクスは料理長のご飯が大好きだ。期待に目がきらきらしている。もちろん俺も大好き。

「じゃ、そうしよう」

「よっしゃ！」

師匠が拳を握った。

「師匠も食べたかったんだ！」

「あったり前じゃねえか」

平民街に近い市場で屋台を冷やかして念願の串焼き肉を食べた。

初めて自分の足で歩いて回って見物するのはすごく楽しい。

「あれ？　殿下？」

「え？」

雑貨の店の並ぶ道を歩いていると、前方に第二王子殿下に似た人が見えた。隣にはストロベリーブロンドの女の子。

え？　主人公《ヒロイン》!?

驚いていると人混みに紛れて見えなくなってしまった。

「セイ？」

「気のせいだったかも。殿下がこんなところを気安く歩いているわけないものね」

「まあ、そうだな」

そうだ。もう、主人公は来ていたんだっけ。あの子が主人公だったとしたら、ヒロインだ。俺はもう一度振り返って殿下がいた場所を見た。もう姿はどこにも見えなかった。

「行こうか。俺、毛糸とか欲しい」

「あの雑貨店に行くか」

「近いの？」

「この先にある。先触れはしてないから人がいるかもしれないが」

「行こう、行こう」

初めて王都の観光に来た時に連れていってもらい、来るたびに買いにきていた雑貨屋さんに向かった。大量の毛糸と刺繍糸を買い込む。

「今度、武器屋さんにも行きたい」

「そうだな、ダンジョンに行くなら装備を整えないとまずいな。弓は持ってきているのか」

師匠が顎に手をやって考えつつ、俺に目を向けた。

「もちろんだよ」

「私も剣を整備してもらいたい」

「明日行くか。今日はもう遅いからな」

「わかった」

次の日、以前弓を作ってもらった鍛冶屋さんに行った。いろいろ整備してもらうのと、防具をもう少しいいものに変えてもらうことにした。学院が始まって最初の休日までにはできているそうだ。

そうして鍛錬したり、予習をしたり、王都を歩いたり、タウンハウスで料理長のご飯を食べたりして過ごした。

手芸は夕食後の空いた時間にしている。キリのいいところまでやろうと編み物をしていたんだけれど、うとうとしてしまった。

「セイ、眠いなら部屋に戻ったら？」

「ん？　あー……目が飛んでる……」

目を擦って編んでいたものを見ると編み目が飛んでいた。

「寝る……」

立ち上がるとふらつく。ノクスの手が伸びてきてコケるのは阻止された。

抱き着く形になってしまってノクスの首元に顔を埋めた。ふわりと鼻を擽《くすぐ》るノクスの匂いについ鼻を鳴らした。

「ノクスはいつもいい匂いがする」

「セイのほうがいい匂いだよ」

「そうかなあ」

「ほら、とってもいい匂い」

髪を掬い取られて匂いを嗅ぐノクスの上目で見る仕草は超絶色っぽくて顔が赤くなる。お風呂の後で結んでいない俺の髪はサラサラだ。絡め取ったノクスの手からするりとほどけていく。

「お風呂入ったからシャンプーの匂いだよ」

声が少し上擦るのは仕方ない。

「そうかな？　ほら、階段上まで送るから」

「うん」

編み物を片付けて、部屋に続く階段の一番上で止まる。

「おやすみ、ノクス」

「おやすみ、セイ」

ノクスはそのまま階段を降りていった。

それを見送って、熱の冷めない頬を持て余しながら部屋に戻った。

◇◆◇　◇◆◇

入学式。とうとう、この時が来た。

「星と花と宵闇《よいやみ》と」の舞台、貴族学院の入学式、それがゲームの始まり。

主人公登場の日だ。

ゲームは入学式のシーンがオープニングムービー。代表挨拶の殿下が映って壇上を見ている生徒に寄っていく。主要キャラのアップが続き、主人公の目線に戻る。

主人公のキービジュアルはあるけれど、映らない。プレイヤーが主人公だからだ。あくまで画面は主人公から見た世界になっている。ムービーは最後に貴族学院の全景を映してタイトルで終わる。

終わると主人公の独白が入り、ゲームが始まる。

なんだかドキドキしてきた。

大講堂で新入生が始まりを待つ。席はクラスの指定があってそこに先着順に座った。

「セイ？」

「あ、な、なに？」

「緊張しているのか？　ただ話を聞くくらいで緊張するようなことはないと思うが」

「そうだよね。ありがとう、ノクス」

そして式が始まった。講師の紹介や新入生への注意事項、それから新入生の代表挨拶。

殿下だ。

声変りをした少し低い声が響く。しっかりした口調でゆっくりと挨拶を述べていく。それはまさに、オープニングムービーのあのシーンで俺は思わず膝に置いた手を握り締めた。

入学式は滞りなく終わり、教室に移動する。この教室は座学の教室でも使われる。席は自由のようでノクスと一番後ろの席に陣取った。

「軽く教師の説明があって解散かな」

「選択授業の説明もあるな」

「これって二年時の専門課程に影響が出るんだよね」

「領主貴族は貴族科でいいんじゃないのか？」

そう話しているとシムオンとロシュがやってきた。リールも来た。俺は窓際でノクスは通路側。その隣にシムオンが、俺の前にはロシュ、ノクスの前にリールが座った。

知り合いで席が固まる件。でもよく教室を見ると最初からグループができているみたいだ。

座っている一人を囲うようにできているから、多分座っている人がグループの中心。

あれ？　じゃあ、このグループはなんだろ？　この中で一番爵位の高いのはノクスだから、ウースィク公爵派閥？　いやいや、ほんとは殿下の側近候補だから、殿下派閥？　それはないかな。俺はノクス最推し主義だし。

「セイ、一年よろしく」

「うん、ロシュもよろしく。新しい毛糸仕入れたんだ。一緒に編むの考えてほしい」

「ほんと？　僕もいろいろ挑戦してるけど、なかなか上手くいかないかな」

ノクスはリールやシムオンと話している。普通に話している、それがどんなに奇跡なことか、今実感する。教室のほかの人たちから時折、公爵家で感じた視線を感じる。

そうでない人もいるから、これは信奉する神に由来するかもしれない。今度調べてみよう。

そう思っていると、うるさかった教室が静まる。

なんだと思って顔を上げると殿下が入ってきた。そのあとにストロベリーブロンドの女子生徒。主人公だ。

席に座らずこっちにやってくる。

え？　こっちに？

「皆、久しぶりだな」

殿下が声をかけてきたので立ち上がる。そこは貴族の儀礼上仕方ない。

「ああ、立ち上がらなくていい。そのまま座っていてくれ。皆に紹介したい人がいるんだ。フローラ・スター・オイストゥル、オイストゥル公爵のご息女だ」

「フローラ・スター・オイストゥルと申します。皆様よろしくお願いいたします」

スカートのすそを摘《つま》んでお辞儀するフローラ。

顔を上げてニコッと笑う彼女は美人だった。

ストロベリーブロンドに、ラピスラズリのような紺の瞳に光をちりばめた瞳。星の加護か、見たことのない瞳の色だった。

でも、俺の心に衝撃をもたらしたのは彼女の顔と名前。

はな、こと星野華《ほしのはな》。

彼女にそっくりの顔と、名前は彼女の使っていたペンネーム。

この世界では魔力を持っている平民は貴族の養子になる。オイストゥル公爵は王都の東門の先にある領地を治めている。東の公爵領はうちと同じで、王都の食料を賄っている穀倉地帯だ。

多分、加護を持つ彼女を保護するために養子縁組をしたのだろう。主人公は転移者だから。でも華に似ているからといって今それを確かめるのはできない。

ノクスたちが挨拶をして、俺が最後。

「セイアッド・ロアールです。ウースィク公爵領の隣の領地を賜っております、ロアール伯爵の第一子です」

「まあ、あなたが！　素敵！　仲よくしてくださいね！」

え、なんで俺の自己紹介で食いつくの⁉　なんか話してたの？　殿下。

思いっきり戸惑ってノクスに救いを求めたら、めちゃくちゃフローラを睨んでた！

え、これがゲームの始まり？

俺の周りに攻略対象者が集まっているし、フィエーヤが殿下の後方でめちゃくちゃ様子を窺ってるんだけど、俺どうしたらいいの？

「ええと？　よ、よろしく……」

勢いに押されて頷いた。俺は攻略対象者じゃないし、隣のノクスの圧がすごい。

いやー、だって俺だけに仲よくしてくださいって言うんだもの。皆と仲よくしてください。殿下ルート驀進《ばくしん》してください。お願いします。

「皆席につけ」

戸惑っていると担当教師が入ってきて、まだ座っていない生徒も席に着いた。

殿下とフローラは空いていたロシュとリールの前の席に、フィエーヤはリールの隣に座った。席の位置が中途半端だと思ったけれど、自由ならこんなものだろう。

教師から軽い学院生活の注意事項とこれからの予定、選択授業についての説明を受けて終わった。

この教師は元騎士団の副団長まで務めた人みたいで師匠について聞かれた。憧れの人だったらしい。会いたいと言ってきたので伝えると言ったらめちゃくちゃ喜んでいた。多分、この人も脳筋だ。師匠と同じ匂いがする。

寮に帰ろうとすると殿下が来て手紙を渡して帰っていった。公務があるんだそうだ。大変だね。フローラも一緒だった。

「お茶会の招待状だ。場所は寮の殿下の応接室」

ノクスが手紙を開けて読んでいた。

「あ、僕もだ」

「俺も」

「え、俺？」

「僕も……」

「最初の休日の午後かあ……予定があるんだけど……」

「王族の招待状だからな。午前中に行くしかない」

仕方ないか。一日また遊ぼうって思ってたんだけど。

寮に帰って手紙を書く。殿下にお茶会に招待されたことを父に報告だ。明日から授業が本格的に始まるから予習と、持っていく教材の支度もする。

学院では魔法を本格的に学ぶから、かなりの時間を割いている。貴族は領や国を守るために戦闘を行わないといけないし、下級貴族では魔法の家庭教師をつけられない場合もある。

俺とノクスは加護が判明する前から魔法の先生に教えてもらってたけど、ほかの家ではそういうわけにいかない。だから全員学べる学院があるんだろう。

ゲームではぽちっとコマンド一つだったけど、現実はそうはいかないよな。

「星宵《ほしよい》」にはデイリーイベントで能力を上げるための学習コマンドがあって、それを選ぶと魔法の授業を受けられる。その後一時間学習コマンドが使えなくなって能力パラメータが一から五上がる。規定以上やろうとすると課金アイテムを使ったりする。

加えてＲＰＧパートの経験値でレベルが上がると能力パラメータが上がった。

そのほかに日常パートがあって行く場所や日時やフラグ条件によって起こるイベントなどがあった。

通常はイベントをこなすと好感度が上下する。好感度によって起こるイベントが増えたり減ったりするし、規定以上の好感度になってないとノーマルエンド、能力パラメータが足りないとさらにバッドエンドになった。

両方バランスよく上げてイベントをこなさないとハッピーエンドにはならなかった。

社会人には時間を金で買うという方法があったけれど（いわゆる課金だ）、俺は基本課金しない派で、ノクスルートのためだけに課金したから時間がかかった記憶がある。

学院の授業はその学習コマンドの時間だ。使えなくなる一時間は授業を受けたってことになるのか。そうだよな、授業受けてたらほかのことできないからな。いまさら納得だな。

「セイ、あとでね！」

「うん。待ってる！」

今日は早く終わるからロシュが寮に遊びに来るんだった。手を振って別れた。

帰ってすぐ着替えてロシュを待つ。

「セイ、ロシュが来たぞ」

ノクスが書斎に呼びに来た。

「ロシュ、いらっしゃい」

「今日は編み物談義だって楽しみにしてきたよ。この間は近況報告で終わったからね」

「そうだよね。しようしよう」

しばらく編み物や刺繍の話をして、お菓子が皿から消えるころにロシュが聞いてきた。

「課外活動って一回生時は必須でしょ？　どれを選ぶ？」

課外活動はいわゆる部活みたいなもの。授業が終わった放課後を使ってやる趣味活動だ。

「手芸同好会とかでいいかもね」

「私ができないから、冒険者同好会かなにかにしてほしい」

「ノクスは相変わらずセイにべったりだね」

空気になっていたノクスだったけどそこは主張するんだな。

ロシュがくすくす笑って言った。

「冒険者同好会って？」

「授業のほかにギルドのクエストを受けようって会だそうだ」

ノクスがチラシを見せてくれた。俺はそれを受け取ってロシュと一緒に見る。

「へえ。ロシュもやる？　パーティは八人までか」

「とりあえず候補に入れておくのは？　勧誘の期間があったよね？」

「うん。じゃあ、それで見学して決めようか」

「見学には私も一緒に行く」

「ハイハイ」

ノクスはもう。ロシュの肩が震えてるんだけど。

「楽しみだね」

ロシュは笑いをかみ殺して言った。それには俺も素直に頷いた。

「うん」

部活の勧誘は放課後行われる。明日から二週間。課外活動だけれども必須って、日本の学校みたいな感じだな。日本の会社が作ったゲームだからなのかもしれない。

いや、そうじゃない。起こることも、生きている人も似ているけれど、ゲームそのものじゃないはずなんだ。転生してから今までのことはすべて俺が初めて体験したのだと思いたいから。

◇◆◇　◇◆◇

授業が本格的に始まった。座学は午前、実習は午後。そして初めての武術の時間。

「まず全般の基礎を教える。その後、適性を見て専門を決める。騎士コースに進むものは専門的に鍛えるが、そうでないコースに進むものは卒業後の進路により、適宜対応する」

ノクスはかなり剣の修行をしているけど、適性は実は槍とかあるかもしれない。

全般を教えるのは、ほかの獲物を使う相手との実戦を考えているのだろうか。

今のところ魔物の被害を抑える方面に領軍は特化しているけれど、近衛とかはそうでないかもしれない。

「また、野営実習を夏休み前に予定している。八人一組でチームを組んで行うから、今からチームのメンバーと準備をしていくように」

野営実習。そういえば年間予定表にあった気がする。

授業はまずかなりの基本から始まった。周りの人を見ているとそれなりに家で鍛えてる人が大部分だった。

それはするよね。成績よかった人の集まりだから。

まず基礎体力を見て、それから剣、槍、斧、槌、弓、杖を一通り。剣と一口に言ってもそれぞれ得意な剣は違う。長剣だったり大剣だったり。槍も短槍や薙刀《なぎなた》みたいに斬ることもできる槍などいろいろある。

体格や力によって扱える武器が違うのは当然だ。そして魔法メインで戦闘を行う者はまた武器の扱いが変わってくる。

俺は魔法寄りの戦闘を行うし、弓がメイン武器だから後衛だ。

今授業で使っている武器は訓練用の模造剣だけど、戦闘用は武器の出来によって威力に差が出る。そこは財力がものをいう世界だ。

冒険者はダンジョンで出た武器を使う人が多いし、かなりいいものも出るんだけど、癖があったりするので、なかなかトータルに品質が揃っている装備にはならない。だから貴族が使う武器はお抱えの工房に作らせる。品質も揃いやすいし、軍用は専門の工房があったりするしね。

ちらりとフローラを窺う。剣をそれなりに使えている。王族が面倒を見たのだろう。身のこなしも武芸を学んだ人の所作になっていた。

ゲームで使う主人公は課金アイテムを使うとパラメータが爆上がりするから、現実では基礎能力の高い身体を持っているんだろう。

なんでも鍛えれば伸びる、みたいな？　主人公、チートなはずだし。

授業が終わったあとは部活の見学。今日はノクスの希望で冒険者同好会。かなりの大人数が見に来ていた。その人たちを前に会の代表が説明する。

「……というわけで、独自のダンジョン探索も行っています。難易度は基本初級。冒険者ランクがDの方々はこれに当てはまりませんが、安全第一に活動していますので初級を推奨します。組んだパーティでクエストを受けてもらいます。報酬はすべて受けた人のものですが、どんなクエストを受けたのか、どんな結果だったのかは報告してもらいます。また、クエストの相談も受けますので、ぜひ経験豊富な先輩を頼ってください。パーティが決まらない人は組めるように探すこともできます。以上です。質問があれば受け付けます」

いろいろ質問が飛んだけれど、よどみなく答えていく会の代表。

「自由度が高くていいかもしれない。どうせ、依頼を受けるつもりだろう？」

「うん。まあね」

「僕も、二人がここがいいなら一緒にパーティ組んで活動したいな。騎士になるならいろいろ経験しておかないと、実戦で遅れ取りそうだし」

「うん。もちろんだよ。ほかも一応見て決めよう」

俺たちはその後いろいろ見学して最終的には冒険者同好会に決めた。

なぜだかシムオンもリールも、ついでにフィエーヤも入った。そして、殿下と、フローラまで。

◇◆◇　◇◆◇

今日は招待された殿下のお茶会の日だ。

「皆来てくれてありがとう。今日はフローラの紹介と、友好を深める目的のお茶会だ」

殿下付きのメイドさんがお茶を注いでくれる。すごくいい匂い。高級茶葉なんだろうな。

「オレもいいのかよ？　ヘリスウィル殿下」

リールがどうして呼ばれたんだという顔をしている。

「もちろん、アナトレー帝国とは親交を深めたい。よろしく頼む」

「まあ、別にいいけどよ。こいつらのおかげで、うちは儲けさせてもらってるようだしな」

こいつら、と俺とノクスのほうを見る。いや、俺たちじゃなく、父と公爵のおかげでしょ。でもそう言ってくれるのはあの時帝国に行ったおかげかな。

きらきらとした目で俺たちを見るフローラの目が見覚えのあるもので、非常に居心地が悪い。

あの目は推しカップリングを見つけた目だ。

男にその話はいいのかよ、と思う俺の心の声を無視して語られた時の目だ。

オタクは多分に一方的に語ってしまう傾向があるが、腐女子は地雷があるからめったなことは言えない。掛け算の順序を間違えると本当に大変なことになる。とりあえず気の済むまで語らせるのが得策だ。

まさか、そんなこと考えてはいないよね。フローラ、頼む。

「フローラと呼んでください。殿下にはいろいろとお世話になっています。殿下と仲のいい皆さんともお友達になりたいので、よろしくお願いします」

今日は皆とと言ってくれた。ほっとする。

「フローラの加護は稀な加護で公爵家の養女となった。彼女が貴族社会に慣れるまで保護をしている。皆も気にかけてあげてほしい」

保護をしたのは王家。リール以外は大体経緯を知っている。

「よろしくね。フローラ」

ロシュがにっこりと笑って言った。ほかの皆も声をかける。

「それでお願いがあるのですけど、皆さんが冒険者同好会に入っていると聞いて、ぜひパーティを組んでいただきたいの」

「ああ、私も王族として自由がきくうちに、魔物には慣れておきたいと許しはもらっているんだ。皆と組めたら嬉しい」

フローラには同好会で会った時、そんなことを言われたんだけど。確かにこの戦力、めったな魔物には負けない気がするけど、俺は正直お邪魔じゃないかな。

「俺は特にパーティは決めてなかったが、ノクスとセイアッドと組めたらいいとは思ってた。こいつら強いし、実戦経験豊富だからな」

シムオンとロシュには冒険者稼業のことは伝えてある。

「僕もセイアッドと組む予定だよ。鍛錬の仕方も教わっているし、安心だからね」

ロシュには一緒に見学に行った時、入ったらパーティを組む予定は話してあった。

「ぼ、僕はメンバーになってくれる方が今のところいないので、仲間に入れてもらえたら、とは思ってる……」

フィエーヤが自信なさそうに発言する。彼はボッチなんだろうか。

「私はセイがいいと言うなら、不本意だが、加入は許可する」

ノクスはちらりと俺を見てほんとに不本意な顔をして頷いた。

「俺？」

どうして皆俺に許可を取ろうとするの？

「おう、俺もパーティ組みたいなあ。セイ」

リールはちらっと俺を見る。

「ではセイアッドが許可を出したら、このメンバーでパーティを結成するのはどうだろうか」

「ええ？　ちょっと待ってよ。そういうの、殿下が決めるんじゃないの？」

「王族だが、むやみに権利は振りかざさない主義なんだ。これはお願いと提案だ」

むむ。

皆の目が俺に集まって、圧に負けた。

「わかった。それでいいよ」

「ありがとう、セイアッド君！」

フローラがめちゃくちゃ嬉しそうにした。華の顔で華のように喜ばれるのには弱い。

「あ、うん」

こくこくと頷いて、やっと俺は紅茶に手を付けた。

攻略対象者（ラスボス含む）＋主人公＋モブ。

（なぜこうなった）

結局俺が代表で冒険者同好会のパーティ申請をした。全員が揃ってなくても依頼は受けていいそうでほっとした。全員が揃うのはいろいろ難しそうだから。ただし、このパーティで少なくとも月に一回は依頼を受けるようにとのことだった。

「なんでリーダーが俺？」

申請に付き合ってくれたノクスに愚痴をこぼす。殿下かノクスがやればいいんじゃないの？

「慕われてるんだよ。人徳じゃないか」

「絶対皆面倒なこと避けたんだよ。あ、そこ！　視線逸らさない！」

その後、調整した魔弓の試し撃ちのために鍛錬場に来た。鍛錬場は申請すればいつでも使える。魔法の練習もできるのはよかった。弓の射撃場に来て的を穿つ。普通の矢から始めて無属性の矢、属性矢と放っていく。的の真ん中にどれも命中して、つい拳を握った。

「さすがだな」

ノクスの声に後ろを振り向く。隣にリールがいて肩で息をしていた。剣で打ち合っていたらしい。

「ありがとう」

「セイアッド、こいつ、化け物じみた体力お化けになっているぞ」

「いや、リールが鍛えていないだけじゃないか？」

「いやいや。俺は姉貴に扱かれているから、そんなわけない」

「ああ、王女殿下にね……元気？」

「もちろん元気すぎて、俺はいつも死にそうな目に遭う。留学する俺が妬ましいらしくてここに来る直前はさらに過酷な扱きだった」

「王女殿下は強いからな」

うんうんとノクスが頷いた。

「いいじゃない？　強くなれれば」

なぜ、嫌がるのか。強くなるのは楽しいじゃん。

「姉貴が強いのと扱きは別物だろうが！　自分にできることと人ができることは違うんだ！」

「はいはい。じゃあ、次の相手は俺ね～」

リールに対して木剣を構えた。

「ちょっと待て！　少しは休憩……」

「いいからいいから」

リールは耐久力が足りなさそう。遊ぶ体力は一番あるはずだから、怠け癖がついただけなんじゃない？　剣を振り下ろすと、リールは反射的にその剣を受け止める。模擬戦の始まりだ。

「じゃあ、師匠、お願いします」

「おう。ちょっとなまっているぞ。ノクス坊っちゃん」

ノクスと師匠も模擬戦を始める。激しく打ち合う音が聞こえた。

あとから来たシムオンとロシュも加わって、暗くなるまで鍛錬した。満足。


翌日、学院の冒険者ギルドにやってきた。依頼はどういうものがあるか確かめるためだ。王都とロアールでは立地条件が違うから出される依頼も違うはずだ。

「混んでるな」

「そうだね。皆登録かな。先に登録しておいてよかったね」

受付が渋滞しているのをちらっと見て、依頼の紙が貼られている依頼ボードの前に行く。

「あ、先生たちの依頼がある。『資料の整理』『助手求む』これって本気かな？」

「サービス依頼とかじゃないのか？」

「これこなしたら成績に色付けてくれたりして」

「まさか」

「あ！　ダンジョンの依頼がある！　これやろう！」

「ダンジョンか。初級なら行ってみようか？」

「うん！」

「今度の休日に行こう」

「じゃあ、同好会に届け出を出しておくね」

ダンジョン探索は慣れるまで先輩が一人付くそうだ。安全の担保と案内役かな。

今回のダンジョン探索は俺とノクスだけで行く。様子見だし、一階層を軽く回るだけだ。

学院で入れるダンジョンはなんと学院の中に入口がある。定期的に間引きをしているし、入口も囲うように防壁が張り巡らされて扉がある。

そこはギルドの奥の通路を通って許可を受けたあと向かえるようになっている。

申請した時間にギルドで待っていると案内役の先輩が来た。

「こんにちは。君たちがダンジョンへ初めて行く一回生？　私は二回生のリヒト。よろしくね」

来た先輩は金色の髪に青い目の王家の色。

あれ？　リヒトって殿下の兄で第一王子じゃない？

俺たちの補助をするために来た先輩は王家特有の色を持つ、すらっとした長身の少年というより青年に近いような外見の男子生徒。

リヒトという名前は第一王子の名前。アルファが確定したら王太子になるはずの人だ。

金髪は第二王子殿下より少し淡い色でさらりとしたストレートの髪を後ろで結んでいる。髪の長さは肩甲骨の少し下くらい。

目の色も少し淡い灰青色で、顔は第二王子殿下とよく似ているけど柔和な感じだ。

「よろしくお願いします。ノクス・ウースィクです」

「よろしくお願いします。セイアッド・ロアールです」

第一王子殿下は俺たちの自己紹介に頷くと門をちらりと見た。

「では行こうか。基本的に私は後ろで見ていて危なくなったら助けに入るから、そのつもりで」

最初に門をくぐるのはリヒト先輩。

ダンジョンの入口はぽっかり開いた洞窟だ。暗く中は見通せないそこを潜っていく。

「このダンジョンは初級レベルのダンジョンで、階層は二十階層と言われている。一から三階層はGからFランク、四から六階層はGからEランク、七から十階層はFからDランク、十一から十五階層はEからD、十六から十九階層はDランク寄りのEランクからCランク寄りのDランク、二十階層は階層主で、DからCランクの強さの魔物が出ると言われている。もっとも、ダンジョンの魔物は変化することもあるし、運もある。万が一を考えて行動するように。一回生は五階層までと決まっているからそれほど強い魔物には出会わないけれど、慎重に行動しつつ探索していこう」

そういうと先輩は俺たちの後ろに下がり、俺たちが前に出て進む。

「ノクス、前に魔物の反応一」

「ああ」

現れたのはスライム。飛び跳ねてこっちに向かってくる。ノクスが一閃して、魔石を残して消える。後ろから拍手が聞こえた。

「すごいね。まったく魔物との戦闘経験がない子たちは怯むんだけれども、迷いのない攻撃だった。君は索敵ができるんだね」

「ええ、一応そういうスキルがあるので。見晴らしのいい場所だったらまず俺が弓で射かけます」

先輩は俺の背にある弓を見る。

「ロアール君は弓術士なんだね。ウースィク君は剣士か。いい攻撃だったよ」

「ありがとうございます」

先輩の目にノクスを忌避する色は見られない。ほっとして前に進む。

一階層はスライムか、ドブネズミに似た魔物だった。それでも集団で出てくると鬱陶しい。こういうところがダンジョンのいやらしさだ。

そういう時は俺が魔法の矢で数を減らしてからノクスが斬撃を飛ばして一振りで何匹も片付けた。

結局、先輩の出番はなく、一階層の半分を回って探索は終えた。

「ありがとうございました」

「ありがとうございました」

「こちらこそ。君たちの戦闘を見て参考になった。相当経験があるように思えたから、三階層までは難なく行けると思うよ。今日はお疲れさま。ではこれで」

先輩は爽やかに手を振って去っていった。

「いい人だね」

「そうか？　なんだか、セイばかり見ていた気がするぞ」

「またまた。俺のほうが危なそうだからじゃないのかな」

「まあ、いいか。ほんとに初級だったな。ロアールのほうが難易度高かったぞ」

「まあね」

ダンジョンには半日潜っていてお昼を過ぎていた。魔石をギルド支部で売り払い、小銭を稼いだあと、お昼は寮で料理人に作ってもらった。もうしばらくこっちにいてくれるそうだ。料理長直伝の腕前で、美味しくいただいた。


学院の一年のスケジュールは春季、秋季、冬季と三つに分かれていて、春季が四月十五日から七月二十四日。秋季が九月二十五日から十二月十四日、冬季が一月十五日から三月十四日までとなっている。その間は夏季休暇、冬季休暇、春季休暇になる。冬季は雪で移動が困難になるので近くの領に住むものしか帰らない。遠方から来ている生徒は夏季と春季に帰る者が多い。

俺たちは父とともに夏季休暇はロアールに帰り、九月の初めごろにロアールを出て王都に戻るつもりだ。その時に護衛任務を受けておきたい。師匠と父と相談して許可は取ってある。師匠とパーティを組むことになってしまったけど。

春季も護衛任務を受けて帰って、戻りは父とともに王都に向かうという帰郷予定になった。冬季は学院でダンジョンに潜りつつ勉強と鍛錬に勤しむ予定だ。

そして春季の最大のイベント、野営実習が六月下旬にある。王都近くの森で三日間。

ゲームではその森に通常出現することはない魔物に襲われるベタなイベントがある。

これが魔王出現の予兆による魔物活性化の最初と言われた要《かなめ》のイベントだ。

主人公が初めて加護を使って魔物を倒すことになる。

その時に主人公とパーティを組んでいたメンバーのいずれかのルートを選択できるんだけど。

「えっと、このメンバーで大丈夫？　文句出ない？」

「もちろんだ」

「もちろんよ」

殿下とフローラは真っ先に頷いた。

「文句はない」

シムオンはさらりと肯定。

「ええと、僕もです」

フィエーヤは何度も眼鏡を上げつつ答えた。

「セイと一緒がいい」

ロシュがにこにこして頷いた。殿下の視線が一瞬ロシュに向かった。

「オレはセイアッドとノクスと一緒がいいから文句はない！」

リールは声がでかい。ほかにも友達見つけて。

「セイ以外は不満だが、仕方がない」

ノクス、なにが不満なの？　なんとなく信頼関係に問題ありありな気がするけど、ちょうど八人だからいいのかなあ。

フローラにクラスの女子の視線が集中しているけど、フローラは涼しい顔をしている。乙女ゲームにありがちないじめイベントもあるんだけど、大丈夫かな。

なにも考えずにこのメンバー見たら紅一点、逆ハーパーティだからなあ。ノクスのセリフに小さくキャッとかフローラは呟いてたけど、本当に心配はいらない？

「リーダーは殿下じゃないの？」

「セイアッドのほうが適任だろう」

殿下！　待って待って。

「殿下に指示するの、結構しんどいんだけど！」

「は？　セイアッドが？　なんの冗談だ？」

その呆れたような目つき、やめてくれませんかね？　殿下。そ、そりゃあ、出会いの時は避けたくって仕方なかったから塩対応になったけど。あ、その後の訓練時も塩対応だったか。あ、塩対応しかなかったわ。

「俺は一応殿下に敬意を払ってるよ？　それなりに」

「最大に払え。そこは」

「文句を言うならパーティを抜けたらいい。な、セイ」

「ちょっと待て。ノクス、そこは違うだろう」

「そうだね。殿下いないほうがまとまるかも」

「セイ、ノクス、そこまでにしてあげて！」

ロシュの仲裁で、結局俺が冒険者同好会のパーティと同じくリーダーになった。リーダーって別名雑用係なんだよなあ。

「じゃあ、リーダー権限で野営実習まで何回かギルドの依頼を受けるよ！　全員参加。異議は認めない。ダンジョンも何回か探索する。あと野営に関しての訓練もする。寮裏の庭でテントで一晩過ごしてもらう！」

「え？」

全員が声を上げた。

「詳しいスケジュールはあとで書類で渡すね」

にっこりと笑ってその日の打ち合わせは終わった。ほかのクラスメイトはまだわいわい話し合いをしている。

それを尻目にメンバー表を暇そうな教師に渡した。

「早いな。成績上位者勢ぞろいなパーティか。正直、殿下の入るパーティは上位で固めたかったから非常に助かる」

「リーダーが伯爵の子息ですけど大丈夫です？」

「特に問題ないだろう。殿下は公務があるからそんな暇ないだろうしな」

「やっぱり雑用係か、はあ」

「その分成績に加点つけるぞ」

「がんばります！」

それから教師に野営実習の詳細の書かれた書類をもらって終わった。

部屋に戻ると父からの手紙が届いていた。次の休日はタウンハウスに寄れという召喚状だ。

「ノクス、こんなの来た」

「私にも来た」

「なんだろうね」

「……もしかして」

「なに？」

「国中の貴族が王都に来ているのは知っているだろう？」

「税金納めに来てるんだろ？」

「そうだ。そして、その次の目的は社交だ」

「社交……ああ、夜会とか、晩餐会とか？」

「そうだ。子供はお茶会くらいで正式な夜会には出席できない」

「うん」

「その子供たちが夜会に出席できるようになる儀式がある。デビュタントだ」

「あ、なんとなく聞いた覚えがある」

「そのためにマナーの先生がずっとダンスを教えてくれていたわけだけど、セイはなんのために踊らされているか、わかっていなかった、と？」

「……いやあ？　わかっていたよ？　もちろん？」

視線が泳いだ。やべ、単にお貴族様だから仕方ないとしか思ってなかったよ！

「……そのデビュタントが学院の春季最終日の夜、行われるそうだ。そのための衣装を作らないといけないらしい」

「はい？」

「衣装は白と決まっている」

「てことは」

「十中八九、採寸だな」

確かにノクスの言った通りで、タウンハウスで採寸されたあと、デザインをあーでもない、こーでもないと（主に）ノクスと母がデザイナーと話し合っていた。

俺はめんどくさくなったのでレース編みをしていた。

無事すべてが決まったのは夕方近くだったので夕飯を食べて寮に戻る。久しぶりの料理長のご飯は力が入っていたらしく、美味しかった！

あれ？　待てよ？　俺、女性パートしか踊れないんだけど、大丈夫？

そんなことがあったけれど、まずは野営の訓練と冒険者同好会の活動だ。

普通の授業？　それは個々の努力でなんとかしてほしい。

◇◆◇　◇◆◇

今日は冒険者同好会の方の活動でギルドの依頼を受けるところだ。メンバー全員で依頼に当たる経験を積むという名目だから全員いる。この中で実際に依頼を受けた経験があるのは俺とノクスだけだった。魔物討伐経験があるのはリールと殿下。

殿下はデビュタント後に参加する、王都外の公務のために魔物討伐の訓練を受けたと言う。

「んー。じゃあ、これか。基本だからね」

選んだのは王都近くの森での薬草採取。野営実習はこの森で行うから下見にもちょうどいい。森は北門を出たところの街道の脇の北側に広がっている。

森は山脈まで続いていて、その山脈を越えたところは北の公爵領だ。王都は北、南、東、西をそれぞれの公爵が治めている領地に囲まれている。ウースィク公爵は南だ。

「薬草採取！　『ファンタジー』の定番ね！」

ん？　聞き覚えのある単語が飛び出した。

「なんて言ったんだ？」

フローラの言葉を殿下が聞き直している。

「あ、なんでもないの！　冒険者ギルドの依頼の定番ねってこと」

「ああ、そういうことか」

殿下は納得すると俺のほうに顔を向けた。

「森は王都の門を出てすぐだけど、採取には薬草を見つけるための時間がいる。薬草の特徴や採取方法もわかっていないと、役に立たない雑草を持ってきてしまうことになる。採取のための道具もいる。皆持っているか？」

俺の問いかけにノクス以外の皆は首を横に振る。

「資料はギルドにある。薬師関係の書物にも載っているから図書室にも資料がある。カウンターで聞けば実物が見られる。道具は持っていなければギルドが貸してくれる場合もある。さて、そのほかに必要な物は？」

「やる気だ！」

「リール、やる気も大切だけどね。森といえば獣や魔物が出るに決まっているから、魔物対策も必要だってこと」

そう言いながら皆の格好を見た。制服に自分の使う剣や杖等。防具が足りていない。

学院の生徒はどこに行くにも制服着用だけど、ギルドの依頼の時は例外なんだよな。

「セイとノクスだけ格好が違うと思ったけど、そういうこと？」

「ロシュ、正解。ダンジョンに行く時のような格好が望ましいね」

「学院では防具や武器の貸し出しもしているから借りて行こうか？」

ノクスがギルドのカウンターに視線を向ける。

「今日のところはそうしよう。次からは各自で用意するってことでいいかな？」

皆が頷いたところで、支度をして出発だ。

森にやってきた。森での歩き方、周囲の警戒の仕方を教えつつ薬草を探す。浅いところではなかなか見つからず、やや奥に入るしかなかった。

俺のマップにはそれほど魔物は映っていないので、今のところ警戒しつつ採取させている。それにマップにいくつか影の護衛の姿が映っていて、いざという時は彼らが殿下を守ってくれるだろうし、殿下の安全についてはさほど心配はしなくてよさそうだった。

といっても、多少は魔物に慣れてもらわないと困るので、ホーンラビットとかと戦闘させようと思っている。

「薬草を採っていても警戒はして。いつ何時茂みから襲われるかもしれないんだから」

索敵によると、ホーンラビットが狼に追われてこっちに向かってきている。注意を促したけど、皆の反応は鈍い。

それからすぐ後ろの茂みからがさがさと音がしてホーンラビットが飛び出してきた。

「バインド！」

一番先に反応したのはなんとフローラだった。植物が蔓《つる》のように伸びてホーンラビットを絡め取る。

しかしすぐあとに森狼が飛び出してきた。はぐれのようでこいつ一匹だった。

「バインド！」

それもフローラが拘束しようとするが、力任せに狼が振りほどいた。

「警戒！　皆、囲んで！」

俺が指示を出すと、全員武器を構えて対峙した。

「シムオン、魔法！　弱めで！」

「おう！　雷撃！」

すぐにシムオンは弱めの雷魔法を放った。

「ギャン！」

受けた森狼は麻痺の効果もあったのか、悲鳴を上げて動けなくなる。

「殿下、とどめ！」

近くにいた殿下に仕留めてもらおうと指示を出す。

「ああ！」

殿下は反射的に剣を振り上げ、首目がけて振り下ろした。得物がいいのか、首がスパッと落とされた。ホーンラビットはロシュがとどめを刺した。

フィエーヤが青い顔でそれを見ていたから、彼も鍛えないといけないなと思った。

「じゃあ、血抜きと解体を簡単に……リールとフィエーヤ、やってみて」

ひとまず血抜きを教えて血は浄化し、内蔵は埋めた。

フィエーヤが解体に吐きそうになっていて可哀想だけど、やらせた。やらないとお金にならないし。森狼はちょっと初めてじゃ強い相手だったけど、皆魔法使えるし、緊張感を持って作業したからよしとするかな。

せっかく見つけた薬草が踏みにじられちゃったんで、もう一回見つけに行かないと量が足りない。俺は鑑定スキルを駆使した。少し奥に行ったところにあった。ほかにも素材を複数見つけた。

「あ、マールルナ、グズバアリもあるね」

マールルナはキイチゴに似た果実で、グズバアリはスグリに似た果実だ。春から秋まで森にはいろいろな食べられる実がなっている。それも皆に採取する癖をつけたい。乱獲はしないけどね。採取の注意点を教えて全員に採取させた。

ノクスは終始、周りを警戒してくれていた。フローラが割と度胸も実力もあるのが俺の驚きだった。ほかの皆より動けていた。彼女は転移してから二年くらいのはずだけど、相当に努力したのかな。

途中でホーンラビットを二匹仕留めるうちにフィエーヤもなんとか、魔物に対峙する術を覚えた。依頼の薬草とマールルナ、グズバアリ、森狼にホーンラビット。初回にしては大漁といってもいい。

「よし、学院に帰ろう。日が暮れる」

日が傾き始めたところで学院に戻った。薬草はフローラが、森狼は殿下とリール、ホーンラビットはロシュとシムオン、ノクスが、そして俺が果実を持って帰った。

俺が代表で手続きをして報酬を皆に均等に分けた。果実も少しずつ分ける。

「同好会への報告は俺がしておくけど、報告書を書くのもそのうちやってもらおうと思っている。じゃあ、これで解散！」

ギルドのロビーで解散して寮に戻る。

「お腹空いたあ。着替えたら早く食堂に行こう」

「そうだな。結構歩いたしな」

「マールルナ、美味しそう」

「もう少し量があればタルトにしてもらえたな」

「うん」

寮への連絡通路でそんなことを話した。ロシュやシムオンたちは手前で、殿下とフローラは俺たちの先の寮だ。

「じゃあ、殿下、フローラ、今日はお疲れさま」

「お疲れ」

「ああ、またよろしくな」

「今日はありがとう、またね」

手を振って別れる。

寮の扉を潜ったらメイドさんがお帰りなさいと言ってくれた。そこでやっと力が抜けた。

「疲れたよう」

思わずノクスに寄りかかった。背中をポンポンといたわるように叩いてくれる。

「セイは頑張ったな」

「うん、俺頑張った！」

「軽くシャワー浴びてから、食堂に行こうか。それで早く今夜は休んだほうがいい」

「うん。報告書だけ書いて寝る」

「それがいい」

食堂で目一杯ご飯を食べ、報告書を書いて寝た。

報告書を書いてる途中でうつらうつらして、何度か書きなおすことになったのは内緒。


その後、何度か皆で依頼を受けた。魔物に襲われた時の連携と役割も決めた。

フローラの得意とする魔法は植物を使った拘束、状態異常、隕石が降ってくるメテオ。メテオは小規模でも打てると言って礫状《つぶてじょう》の石が大量に降った時は死ぬかと思った。

恐るべし、星と花の加護。

とりあえず、メテオは封印の方向で拘束と状態異常の魔法をメインにし、敵の動きを止めて前衛がとどめを刺す戦法を取ることにした。

基本の隊列は前衛をリールとノクスとロシュ、中衛が殿下とシムオン、後衛が俺とフローラとフィエーヤ。

ロシュは斥候《せっこう》系の技能を磨いていて、素早さに特化した短剣術とやや短めな片手剣を使う。

リールは戦斧《せんぷ》と槍が得意で森の中では短槍と斧を使う。

ノクスは剣だ。長剣や大剣を得意とするけど、森やダンジョンでは短めの片手剣を使う。

殿下は光属性の魔法と騎士剣術。

シムオンは雷属性の魔法をメインに戦ってもらう。武器は剣。

フィエーヤは風属性の魔法とエストック（細くて長い両手剣）。どちらかといえば魔法が得意だそうだ。

俺は弓と剣、そして魔法。支援魔法が得意だけど、とりあえずは弓と防衛用の結界、魔法障壁を使うことにする。

俺が司令塔になって指示を出す。索敵もするけど、ロシュができるならロシュに任せる。

皆でダンジョンにも行った。初回についてきたのは三年生の男子生徒で、冒険者同好会で見かけた先輩だった。いろいろ教えてくれてすごくためになった。

寮の裏庭での野営体験はテントを張って一晩交代で見張りをすること。フローラは一人女の子なので最初の見張りだけやってもらった。相方は俺。

「私構わないのに」

「いや、貴族的にまずいでしょ？　実習の時は一人テントで寝てもらうし。教師の見張りがついてくるはずだから、安心だと思う」

「ありがとう。セイアッド君は優しいわね」

「そうかな？」

「そうよ。押しに弱いところは一長一短だと思うけど」

「でもやってよかったよ。テント張るのって結構コツあるし」

「そうね。意外にできないものなのね」

そう、俺とノクスは慣れているけど、ほかの皆は初めてだった！　支柱を立てるところで崩れ、四隅を固定するところで崩れた。予習は大事だね。

できる限りの準備は終わった。イベントがあるかどうかは神のみぞ知る、だね。


そして、野営実習当日。

よく晴れた早朝に森に出発した。移動は馬車。チームごとに乗っていく。

「朝早いね。やっと明けてきたころだよ」

「森の中は暗いから夕方まで時間があるほうがいいという判断だろう」

ノクスがそう真面目に答えて俺はふあっと欠伸をもらした。

「んー、とりあえずミーティングしよう。まず、チームに別れて野営場所を決めて拠点を構築。食事は各自で用意。三日間のうち、一回は魔物と戦って魔石を得る、というのが最低限。教師の成績査定があるから、予想としては拠点構築にかかる時間、選んだ場所、食事を用意できるか、見張りは置いているか、戦闘時の立ち回り等あると思う」

「教師はそれだけ見ていられるのだろうか」

フィエーヤが首を傾げる。それを見てロシュが可能性を口にする。

「冒険者も雇ってるかもしれないね。気配を断って見ていると思うから、緊張感を保って過ごすことになるね」

「疲れそうだなあ、オイ」

「仕方ない。軍に入ればこういうことは多々あるし、貴族の私たちは義務として、有事の際は指揮官をしなければいけないからな」

リールがぼやくとノクスが冷静に応える。

「まあ、帝国も似たようなことはしているけどよ。大体が船だからなあ。陸地は苦手だ。加護もあまり効かない」

「リールは力があるから体当たりで行けばいいんじゃないか」

シムオンがリールを眺めて言った。

「おうよ。船に乗るには力がいるんだぜ？」

「話が横道に逸れてる〜！　というわけで今日の行動指針はなるべく早い拠点確保でよろしく！　水場があればいいけど中に川はなかったから、前に森に入った時見つけたやや広めの広場のある場所を目指そう」

「了解」

皆が頷いてそれから少し雑談をすると森に着いた。

「さて、今日から三日間この森で過ごしてもらう。我々教師はここに拠点を設けているから、不測の事態の場合はここに知らせに来てほしい。リタイヤする場合もここだ。負傷した場合も速やかに戻ってくるように。では開始だ」

教師が開始の合図をすると、一斉に生徒が森に入っていく。

「じゃあ、俺たちも行こうか」

声をかけて森に入った。

「採取をしながら行くよ！　いつもの通りに！」

辺りを警戒しつつ拠点にする場所に俺たちは向かった。

森で使うハンドサインを決めておいたので道中、斥候《せっこう》であるロシュからの報告はそれだ。

念話とか使えたら便利だなあ。はぐれても不安になることないし。

魔道具で作れないかな？

そんなことを考えていたらロシュから『魔物がいる』『注意』とサインが来て、やや右の茂みからホーンラビットが飛び出してきた。

「よし、完了」

すぐに討伐し、ロシュがいい笑顔で解体を終えた。解体ナイフの切れ味は鋭く、あっという間に捌いてしまった。ホーンラビットは角と皮が素材、肉は食用だ。弱いけど魔物なので魔石もある。小さな魔石だけど、需要はあるので買い取ってくれる。

不要な部分は埋めて血の跡を浄化した。

そうして何度か小さい魔物の襲撃を受けて倒しつつ、途中途中で薬草や木の実などを採取して目的の場所に着いた。

「順調だな。まだ昼前だ」

第二王子殿下がほっとした顔をして周りを見回しつつ言った。

「竈《かまど》を作って、そこからちょっと離れた場所にテントを張ろう。フローラのテントが内側で」

テントは二人ずつが基本なんだけど、フローラは女の子なので一人用の小さいものを用意するようにお願いした。ほかのテントの内訳はリールとフィエーヤ、シムオンと殿下、俺とロシュとノクスになった。

テントの設置はそれぞれ使う者が組み立てる。小さいながらも皆マジックバッグは持っていて荷物は少なかった。

俺たちの使うテントは今まで使っていたもので三人用。地上に投げるとぽんと広がって四隅を固定すればＯＫの簡単なものだ。

「よし、完了。竈《かまど》を作ろう」

手に着いた土埃をパンと払うと煮炊きをする竈《かまど》を作りに設置予定の場所に向かう。火が見えないほうがいいので即席の竈《かまど》を作る。見張りの時は火が見えるほうに座ってできるようにした。

途中で拾った岩を組み合わせて作り、中に枯れ枝と枯葉を突っ込むとロシュが着火してくれた。

「ロシュ、周り警戒してもらえる？　お昼を作るよ」

「わかったよ」

ロシュが少し離れたところで警戒に当たる。

「私も手伝います。多少はできるので」

テントを設置し終えたフローラが声をかけてきた。

「私はテントを張るのを手伝ってくるよ。張り終えたら周りをぐるっと見回ってくる」

「わかった。よろしく」

ノクスはテントを張るのに手間取っている殿下たちのほうに向かった。フローラと二人になる。

「じゃあ、これに塩を振って串に刺してくれるかな？」

「わかったわ」

しばらく黙って作業する。フローラはあの華なんだろうか。一平のころは外食しか一緒にしていないから料理ができるかなんて知らなかった。

ふつふつと、鍋のスープが煮立ってきた。

かき回して味見をする。途中で見つけたキノコがいい味を出している。大きめの鍋で多めに作った。夕飯もこれで持たせようと思うけど、多分無理だろう。俺たちは育ち盛りで魔法を使う貴族だ。魔力を使うとお腹が空く。だから皆よく食べるのだ。

「セイアッド君はなんでもできるのね」

「うん？」

「勉強も魔法も、剣も料理も。すごいわ」

「え？　そんなことないよ。フローラもすごいじゃないか」

「加護が強力なだけよ。それに私は違う世界から来たから、この世界についてはまだよくわかっていないの。こんな風に獲物を狩って料理するなんてしたことなかったもの」

「え、違う世界って……」

「星と花の加護を持つ者は異世界からこの世界に来るの。私は気が付いたら教会にいて姿も変わっていたわ」

「姿も？」

「ええ。ほんとの私はノクス君と同じ、黒目黒髪よ」

「そう、なんだ」

「それにちょっと年齢詐欺かもしれないわ」

くすっと笑ってフローラはホーンラビットの肉の焼き加減を見る。

年齢には突っ込まないでおこう。女性の年齢には触れてはいけないのだ。

「おーい！　椅子によさげな切り株拾ってきた！」

リールの声が響いた。後ろからノクスに叩かれていた。

「大声は厳禁だろう。馬鹿なのか」

「う、ごめん」

「まあ、それくらいで許してやれ」

殿下が苦笑しながらリールを庇った。

マップを見る。護衛や先生たちはいるようだけど、魔物の姿は遠かった。

「お帰り。ありがとう。もうすぐできるから、ここにおいてくれるかな」

そこでフローラとの話を打ち切って、皆が抱えてきた木や伐採されたのか残っていた切り株を竈《かまど》を囲うように並べた。そこに皆が腰を降ろす。フローラがスープをよそって皆に渡した。

食器やパンは持ち寄りだ。神に祈ってから食事に手を付ける。

「美味しい」

殿下が感動した顔をして俺たちを見た。

「スープを作ったのはセイアッド君よ。私は肉を焼いただけ」

「セイは料理にこだわりがあるから、野営で必ず調理をするんだ。師匠は携帯食料と水でいいって言ってたのに」

そういうノクスの器はすでに空で、俺はノクスに手を差し出す。

「お代わりあるよ。ノクスだってできるようになったじゃないか」

いつもは料理長に作ってもらったのをアイテムボックスから出すだけだけど。今日は師匠からも注意されたとおり、アイテムボックスを使ってはいけないから調理しただけ。料理スキルは一平時代のものだ。自炊してたからな。何度かロアールでの野営の時に作ったから、ノクスはそれを見て自分もできないといけないと思って練習してたけど。

器を俺に差し出すノクスは頷いた。

「セイに美味しいものを食べさせるのは甲斐性というものだから、これからも腕を磨くつもりだ」

殿下がばっと俺を見た。

なんでだ。とりあえずノクスから器を受け取って二杯目をよそって渡した。

「私も料理ができるように頑張ろう。帰ったら料理長に相談してみる」

そういう殿下も器を差し出した。なにを張り合っているのか。城の料理長が真っ青になるのが目に浮かぶ。とりあえず二杯目を入れて返したら、俺も俺もと器を差し出された。

俺まだ半分も食べてないんだけど！

フローラはくすくすと笑ってそんな俺たちを見ていた。


昼が終わって午後は薪用の枝を探す組、採取をする組と分けて探索をする。そこそこの収穫があって、夕飯の支度はノクスとリールに任せた。リールは焼くくらいならできた。魚は下ろせるんだと自慢してたから、そこそこできるだろうと思っていたら、ノクスにいろいろ言われている。

できたスープとホーンラビットの串焼きはちゃんと食べられたのでよしとする。

殿下が器を見つめて恐る恐る飲むとなんとなく面白くなさそうな顔をして二口目を飲んでいた。

「ノクス、リール、美味しいよ」

「ありがとう」

「おうよ！」

夕飯の時に見張りの順番を決めた。ロシュとフローラ、シムオンと殿下、リールとフィエーヤ、俺とノクスの順番だ。

浄化をかけて、毛皮の敷物を敷いたテントの上にマントにくるまって寝転ぶ。

「おやすみ」

「おやすみ」

見張りの順番までぐっすりと寝た。リールが起こしに来て見張りを交代する。ロシュはぐっすりと寝ていた。

俺たちの見張りの時間は一番闇が深い時間帯で、火の回りしか見えない。森の木々から垣間見える空には星がいっぱいで月は見えなかった。

「なんか久しぶり」

「そうだな。野営するような依頼は受けてないからな」

「今のところ敵影はないよ」

「ありがとう。さすがセイ」

「そんなことあるよ。敬うがよい」

「はい、セイ様」

お互い吹き出した。小さく笑い合う。

遠くでは夜行性の獣の声や、木々を移動する葉擦れの音が聞こえた。

お互いの顔を薪の火が照らす。

ノクスの顔はもうすっかり、ゲームに出てきた色気のある顔と同じだ。時折見惚れるから、困る。

「かなり伸びたな」

「ん？」

「髪」

「そうだよ。ノクスが伸ばせって言うから伸ばしたんだよ。俺は短くて構わないのに」

「魔法主体なら髪は長いほうがよかったろう」

「そりゃあ、そうだけど」

「綺麗で似合ってるから、いいと思う」

「き……」

俺の顔は真っ赤になっていると思う。

「な、なにを言ってるんだよ」

「昔言っただろう。月の精みたいだって。月の神の加護だったとは思わなかったけど、今はもっと綺麗だ」

俺は口だけパクパクと動かした。

「もっと強くなってセイを守るから。私だけ見ていてほしい」

ノクスが手を握った。きゅっと胸が締め付けられる。

「……い、言ったじゃん。か、考えなくもないって。そ、それに、一番仲がいいのはノクスじゃん」

手を握り返した。そうすると、指を絡めてきて改めて強く握られた。

「そ、それに守るのは俺だから」

「じゃあ、お互い守り合うのはどうだろう」

「う、うん。それでいいんじゃないかな」

「嬉しい、セイ」

ノクスの手に力が籠もる。

「なんだか暑い」

「そうか？　もう夏が近いからかな」

「そうかもしれない」

くすっとノクスが笑う。

それから真面目に見張りをした。手は握ったままだった。

「もう少しで夜が明けるな」

うっすらと明るくなってきて手が離れていった。寂しいと思うのは仕方がない。

「そうだね。スープでも作ろうか。ノクスも手伝ってくれる？」

マジックバッグに用意していた野菜や干し肉を取り出し、夕食に使った鍋をクリーンで浄化する。

水を入れて火にかけ、ノクスと一緒に野菜を刻む。切ったものを浄化して鍋に入れ、干し肉も投入。

ハーブと塩を入れて蓋をして火にかけた。

そうしているとすっかり夜が明けて皆が起き出してきた。


野営実習二日目。

森に討伐に出て魔物を狩る日。イベントが起こる日だ。

朝食を食べ終わり、討伐に出かける。あまり拠点から離れず、周辺を警戒するように今度は皆でまとまって行動する。

「よし、終わった」

「解体するぞ」

朝から何度も交戦してかなりの魔物を倒している。そして倒すたびに魔物のランクが上がって強くなっていった。森が騒がしく、昨日までの森とはうってかわっている。

「なんだ？　様子がおかしいな」

「魔物の出現率が高いですね」

リールの言葉にくいっと眼鏡を押し上げてフィエーヤが頷く。

「これ、魔物の氾濫《スタンピード》に近いね」

「だが予兆はなかった。普通は徐々に増えてきて溢れる」

「もしかしたら、主になるような強い魔物が出たか」

「この森、主がいた？」

「いたとは聞かないが、奥にはそれなりに強い魔物がいるはずだ」

「先生たちに知らせる？」

「殿下、どうする？」

俺はマップを見た。少し索敵範囲を広げる。奥のほうが真っ赤だ。この周辺に教師と影がいる。

一つの光点が入口に向かっていった。

「とりあえず、拠点に戻って撤収しよう。それから魔物を倒しながら戻るのはどうだろう、セイアッド」

殿下が撤退を主張する。

「そうだね。先生の判断にゆだねて撤退しないならまた拠点を作ればいい」

俺も賛成した。ほかのメンバーの顔を見ると皆頷く。

「そうと決まればテントを片付けに戻ろう」

ノクスが言うと皆頷き、拠点に戻ってテントを片付けた。竈《かまど》も崩して切り株やらはそのままだ。

「行くよ」

皆が頷く。魔物の強さが増してきて、それが奥からやってきている。

（ゲームでは魔物が突然現れた感じだったっけ。遭遇したら魔物戦のＲＰＧパートになったから序盤でレベル上げないとダメだったな。赤までＨＰを削られたところで、瀕死状態で主人公のＥＸスキルが炸裂って感じだった）

「グオオオオォォォォオンン」

圧力を持った咆哮《ほうこう》が聞こえた。皆がその方向を向く。

バキバキと木の枝を折るようにして現れたのは巨大なマーダーベア。全身が黒く、太い手足に強靭な爪を持っている。俺たちの向かう方向に、突然現れた。

「マーダーベアだ」

ノクスが呟くとリールが応じて言う。

「通常は茶色じゃなかったか？」

皆が呆然としているのにはっとして指示を出す。

「みんな、戦闘態勢に！　距離を取って！」

ブオン！

空気を切り裂く音がして吹き飛ばされた。

マーダーベアは腕を振っただけだ。それが風を起こし、その風が俺たちを吹き飛ばした。

俺は受け身を取ってすぐ起き上がり、低く構える。

この距離じゃ弓は無理だ。

「防御、身体強化、攻撃力アップ！」

俺は支援魔法を皆にかけた。

ぎろり、と俺にマーダーベアが視線を向ける。

支援魔法でヘイトかよ！

「迂闊に突っ込まないで！　あの手の一撃は相当な破壊力だ」

「かといって飛び込まないと斬れないぞ！」

リールが斧を構えながらマーダーベアの左側で対峙する。ノクスは右側だ。

「フローラ！」

「バインド！」

フローラの拘束魔法がマーダーベアに向かう。足元から植物の蔓《つる》が足を絡め取る。俺たちに向かおうとしたマーダーベアが動かない足にもがいた。

そこを後ろに回ったノクスとリールが足を切りつけた。

攻撃に気が付いたマーダーベアは振り向きざま腕を振る。

それを躱して、二人はこっちに戻ってきた。

「ぜんぜん堪《こた》えてねえな」

「威圧も来てる」

リールとノクスが囁き合う。

マーダーベアは涎《よだれ》が垂れた大口を開けてまた咆哮《ほうこう》した。ぶちぶちっと切れる音がしてマーダーベアが拘束を破り、重い一歩を踏み出す。

「雷撃！」

シムオンが雷魔法を撃ち出す。

命中したかに見えたが、壁のようなものに阻まれて直前に弾かれた。

「魔法が効かない？」

呆然とした顔でシムオンが呟く。

俺は魔弓を構えて目に狙いをつけ、ミスリルの矢じりの矢をつがう。

「誰かやつの目を引きつけて！」

「レイ！」

俺の言葉に殿下が光の光線を撃ち出して胸を狙った。

立て続けの魔法攻撃にやつの視線が二人に向く。

ノクスが剣を向けて飛び掛かろうとした。

やつの目がしっかりとノクスを捕らえる。その瞬間俺は矢を放った。

「グォオォオォ」

目を押さえてマーダーベアが叫びを上げた。

命中した！

「雷撃を矢に！」

「雷撃！」

シムオンの魔法が矢に着弾し、弾かれることなくマーダーベアの体を貫く。

「エアショット！」

フィエーヤが風魔法を打ち出す。障壁で阻まれたが、押されてマーダーベアが一歩後退した。

「今のうちに斬りつけて！」

俺が指示を出すまでもなく後ろからノクスとロシュが斬りかかる。

背中にまともに入った攻撃に大きな体が仰け反り、両手をめちゃくちゃに振り回した。その風圧に、俺たちはまた吹き飛ばされる。

「きゃっ」

「くっ」

「うわっ」

「ぐうっ」

フローラと俺は周りの木々に体をぶつけて止まった。ノクスとロシュも反対側に吹き飛ばされた。

「盾！」

フィエーヤが風属性の魔法障壁を蹲りながら張った。

その瞬間マーダーベアの空気を引き裂く攻撃が来る。

魔法障壁は弾けたが攻撃は届かなかった。

しかし周りの木々にはマーダーベアの爪で引っかいたような跡ができている。

「皆障壁を！」

フローラが叫ぶ。

「メテオ！」

ガガガッと音がして岩が焔《ほのお》を纏って落ちてきた。マーダーベアに降り注ぐ。

魔法攻撃そのものは弾くマーダーベアだが、物理を伴った魔法は防げないようだった。

「魔力が……」

フローラは呟くと青い顔になる。今の攻撃に魔力をすべて持っていかれたのか。

降った岩に埋まっていたマーダーベアは致命傷ではなかったのか、岩が崩れて中から姿を現した。

上半身をやっと出したところでぐるりと周囲を見回して睥睨《へいげい》する。

矢に貫かれて潰れた目から血を流し、残った片目が赤く爛々と輝いている。

リールが斧を一閃させて首を狙う。避けられたが片手を斬り飛ばした。

すぐに後ろに跳び、距離を取る。

噛み締めた口から低い唸り声を上げたマーダーベアの体から、赤い魔力が立ちのぼった。

「まずい！」

ゲームでは瀕死状態のマーダーベアのＥＸ攻撃の前兆だ。口から魔力の塊を放出し触れたものを焼き尽くす。矢をつがえて口を狙って撃ち出すと同時に盾を出す。

「満月鏡！」

後ろにいたノクスとロシュはすでに俺のいるほうに戻ってきている。

鏡のような盾が出現すると同時にマーダーベアはＥＸ攻撃を放った。

その熱と魔力の塊が満月鏡の鏡面に届くと跳ね返ってマーダーベアを襲った。

「ガァ……ッ……」

どさりと音がして焼け焦げたマーダーベアが倒れる。

しばらく誰も動けなかった。盾は攻撃をすべて弾き返すと消えた。

「や……った？」

呆然と立ちすくんでいる俺にフローラが飛びついた。

「すごいわ！　セイアッド君！」

「離れろ」

べりっとフローラが剥がされて、ノクスが睨みをきかせる。

「守ってくれたな。ありがとう」

「どういたしまして。ノクスもかっこよかったよ」

「えー？　オレはあ？　腕切り離したところすごかっただろ？」

「俺の雷撃もよかっただろ？」

「私のレイも……」

「僕も地味に役立ったよね！」

「ぼ、僕も……」

「皆すごかった。ありがとう」

教師たちがこっちに向かってきている光点がマップに見えた。

野営実習は中止になり、すぐに学院に戻るように指示が出た。

ゲームではフローラが倒したマーダーベアはAランク冒険者が十人以上でやっと討伐できるくらいの危険な魔物だった。

魔法があるとはいえ、討伐経験の少ない俺たちには格上すぎる魔物だ。逃げに徹しても逃げ切れるかどうかわからないくらいだった。

教師と影の護衛が王城に連絡したらしく、マーダーベアの処理は騎士団預かりになったそうだ。

「素材……」

あんなに頑張ったのになにももらえない。爪なんていい武器になりそうだったのに。

「じゃーん」

リールがマジックバッグから、マーダーベアの腕を出した。

「は⁉」

皆が一斉に目を丸くした。

その後寮に帰り、明日は休みになるという連絡とともに、ことの顛末が知らされた。

今は殿下の寮に集まって反省会中だ。

「いやー、つい癖で拾ってマジックバッグに入れてたんだよ」

「リール、抜け目ないね」

「これどうする？　皆で分ける？」

「すまないが私預かりにしてもらっていいか？　できるだけ報酬交渉はしよう」

殿下に取り上げられてリールはがっかりしていたけれど、後日、危険な魔物を討伐した功績に対して褒章が授与された。

マーダーベアの素材を使った武器とメダルだ。功績のあった騎士に贈られるメダルで、その中では最下位なんだけれど、学生がもらう前例はなかったそうだ。

「特殊個体で下半身は丸々残っていたし、上半身も表面は焦げていたけれど、魔石も素材もいろいろ取れて魔術師団も大喜びだったから、交渉した」

武器は短剣で、マーダーベアの爪を芯に使っているので切れ味がよく、斬撃も出るという優れものだった。ものすごく高そう。

「これで勘弁してほしい」

「殿下すげー！」

「ありがとう」

「ありがとう！」

「さすが王族」

「ふん」

「ありがとうございます。殿下」

「すごい！　ありがとうございます！」

皆が口々に礼を言って、殿下は照れていた。

フローラが俺とノクスと殿下をきらきらした目で見ていたという事実はないことにしてほしい。

「早くダンジョンに行きてえ」

短剣にきらきらとした目を向けていたリールがぼそっと呟いた。

「リールは時々潜ってるじゃない」

「暴れ足りねえんだよ」

「師匠と鍛錬する？　頼んでおくけど」

「ひ！」

暴れ足りないって言ったのになんでそんな怯えるのか。師匠も俺たちが授業受けている時はほかの仕事してるけど。放課後は鍛錬に付き合ってくれるから鍛錬場を借りている。

「いやならいいけど。ね、ノクス」

「師匠の鍛錬は素晴らしいものなんだが、暴れ足りないのに嫌がるとはどういう……」

「わかった！　行く！　行くよ！」

「皆は……」

「行く！」

ロシュが嬉しそうに手を上げる。その隣でシムオンも頷いた。

「あー……行くよ。ここんとこ魔法ばっかりで剣の腕はなまっているからなあ」

「私は行ける時間ができたら行こう」

殿下は忙しいんだろうな。

「私行く！　その師匠って人、見てみたいわ」

フローラは師匠にどんな期待をしているのか心配になった。


そして全員参加の鍛錬時。

「ジャージじゃないの！」

皆の鍛錬服を見てフローラが吼えた。

そうだった。みんなうちから鍛錬服を買っていた。

今はいろいろ改良したのが騎士団に流れていて、元のデザインからいろいろ離れているけど、皆のはサイズを直してデザイン変えずに発注されていたからなあ。

元はジャージなんだよ。さすが転移者。

フィエーヤだけは学院で着ている鍛錬服だった。冒険者が鎧の下に着ているようなやつだ。

「ジャージ？　これは小さい時からそこの二人が着ていて動きやすいから今でも使っている」

殿下が説明するとフローラがこっちを見た。ノクスが俺を手で示した。

ノクス！　ノクスは俺を守るんじゃなかったの⁉

「セイアッド君。あとでお話ししましょうね」

「ア、ハイ」

フローラの迫力に頷くしかない俺だった。

――鍛錬が終わったあと、フローラに呼び出された。

すごいよ、フローラ。今の師匠は騎士団を鍛えるくらいの鍛錬を課すのに元気だな。

皆は寮に帰る体力を戻すため、鍛錬場で休んでいる。

ノクスは話が聞こえないくらいの距離にいる。

体育館ならぬ鍛錬場の端でフローラの前に正座した。

「セイアッド君。そのジャージ、私にも作ってほしいの。Tシャツもお願い。パジャマも作れるかしら」

「え、そっち⁉」

「そっち、とは？」

きらんとフローラの目が光った気がした。

「あー。構わないよ。サイズは工房で測らないといけないから工房を紹介するよ」

「ふうん。Tシャツとか、パジャマってわかっているのかしら？」

「あっ」

「あなた、転生者ではない？」

「ははは……な、なんのことでしょう？」

「私、この世界に来てから前の世界と違うのは仕方ないとあきらめていたわ。でも、王宮での食事が私の世界のメニューにすごく似ていたの。プリンが出て驚愕したわ」

「そうなんだ？」

「よく聞いたら、あなたの屋敷の料理長から買ったレシピだとか。殿下があなたのタウンハウスに行って食べた食事が忘れられないと聞いたわ」

「そういえば、そんなことも子供のころにあったような？」

「往生際が悪いわね。異世界転生ばんざーい、知識チートだぜ！　とか思わなかったかしら？」

俺が汗をだらだら流していると、フローラの目が細くなった。

「私の名前、本当は星野華っていうの。そのままじゃこの世界の人が発音しづらいようだったから洋風の名前にしたのよ」

「華⁉」

ほんとに、華、か。

「そうよ、日本人。……ってどうしたの？」

「まさか、ほんとに華だなんて。俺、一平、通利一平だよ！　懐かしいなあ」

今度は華が息を呑んだ。目を見開いて俺を見る。

「一平？　一平って……ほんと？」

「うん。俺、気が付いたらこの世界で。この世界「星と花と宵闇《よいやみ》と」にそっくりだよな。向こうで死んだ記憶はないんだけど、ゲームの記憶は結構鮮明に覚えてた。ノクスルートやる直前で死んだっぽいんだよなあ」

「そう、なの。セイアッド君って顔は一平に似ているって思ってた。元々地味イケメンだったけど、髪の色と目の色が変わるとこんなに美形になるのね」

「はあ？　冗談だろ？　美形か、俺？　モブポジションだろ？」

「それは、まあ、モブと言えばモブだけど……公式でビジュアルは公開されてなかったし……別にモブだって美形で構わないでしょ。絵師が描くんだからどんなポジションでも美形よ。特にゲームとは違ってオメガバース設定があるんだから、一平は気を付けたほうがいいわよ」

「そんなもんか？　まあ、確かにビジュアルはなかった気がするけど」

「今後は一平とは呼ばないけど、なんかあったら相談するわ」

「ああ。攻略するなら応援する」

「私の狙いは友情エンドよ」

「え。マジ？」

「マジよ。貴方が一平ってわかったらますますね」

「そうか」

「この世界はゲーム世界に似ているけど、現実だと思っているわ。イベントも、好感度も全部」

「まあ、俺も今までのこと、すべてゲームだとは思わないけどな」

「私、一平に会えてよかったわ」

「俺もだ。主人公が華でよかった」

「掛け算の話ができるわ」

「しねえ！　しねえよ！」

ころころと笑うフローラに俺は苦笑する。

ノクスがちらちらと俺たちを気にしていた。

手を上げてノクスを呼ぶ。

駆け寄るノクスに俺は笑顔を向けた。

「最推しが尊いわ」

フローラの呟きになぜか背中を冷や汗が流れた。

第五章　デビュタントで夜会へ！

散々な野営実習が終わって日常が戻った。期末の試験とデビュタントが今もっぱらの話題だ。

デビュタントは基本的にパートナーと一緒に入場する。

親兄弟親戚、デビュタント同士でも構わない。

基本は男女なんだけど、第二の性問題もあるので同性同士でも構わないところがゲームと違う。

ゲームでは主人公の選んだパートナーが攻略対象者であれば、攻略が順調である証拠だった。

今回フローラは殿下とともに入場すると言っていた。殿下を好きな様子がまったくないので多分、後ろ盾の殿下が配慮したのではないかと思う。

もちろん殿下にもデビュタントは重要だが、重要人物を優先した形となっているんだろう。

「すごく楽しみ」

「そうなんだ」

「殿下は人気あるからね。周りの女子の目が怖い」

「あら、殿下は義務みたいな感じなのよ。殿下の本命はパートナーがいるし」

「え、なにそれ？　殿下誰か気になっている人がいるの？」

フローラがニコッと笑う。

「私の推測よ。妄想とも言うわね？」

リールが「は？」と首を傾げた。俺も傾げる。殿下好きな人いたんだ。へえ。

「よくやったフローラ」

ノクスが満面の笑みを浮かべてフローラを褒めた。

「ありがとう！」

きゃっと照れたフローラを見た俺は、なぜかちくりと胸の奥が痛かった。

「リールは大丈夫なの？　親兄弟も遠いところにいるんじゃない」

「ああ、オレは姉さんがパートナーとして来る。ついでに外交もしていくみたいだ」

「あの王女様が……」

「そうか王女様が……」

おほほほほと豪快に笑う王女を思い出した。元気だろうか？

「どうしたの？　セイ、ノクス、王女様を知っているの？」

「な、なんでもないよ。親しいっていえばセイなんだけど、ノクスがエスコートするんでしょ？」

「お父さん。ロシュ。ロシュは？」

「うん」

「セイアッドがノクス以外にエスコートされたらノクスが暴走するしなあ」

にやにやとシムオンがからかう。俺は心配になってノクスを見た。

「パートナー変えて踊るパートは大丈夫なの？」

「…………我慢する。すぐ浄化する」

ノクスがめちゃくちゃ苦虫をかみつぶした顔になっている！　なんで浄化するの！

◇◆◇　◇◆◇

そんなわけで今日はデビュタントの練習だ。親兄弟がエスコートしてもデビュタントのダンス部分は参加者に振り分けられる。その組み合わせや位置を決める。

基本的に下位貴族の子女が先で、上位貴族の子女があと。

うちのクラスはほぼ上位なので後ろのほうに固まっている。女性パートにいるのは俺とロシュ。ロシュのパートナー役はシムオンだった。フィエーヤとリールは同じクラスの侯爵家の子女だった。リールは嬉しそうにして、フィエーヤはものすごく緊張して何度も眼鏡を指で上げていた。

指導の先生の拍子に合わせ、横に六人並んで音楽に合わせて入場、全員が入場したらいったん音楽が止まる。音楽が鳴ったら向き合って踊り出す。会場を円のようにペアが連なって踊る。一曲が終わったら一人ずれて踊る。それで二曲を終わると見守ってくれた人たちに礼をして、会場に散る。

その後は普通の舞踏会になる。

あちこちで痛っなんて声が上がる。大体は前のほうで、俺たちのクラスは皆上手なのか声は上がらない。

「最近あまり練習していなかったから足踏みそう」

「踏んでもいいぞ。むしろご褒美だ」

「な、なに言ってんの⁉　馬鹿ッ」

あははと笑うノクスに周りがぎょっとしていた。

あ、クラスにいる時はあんまり笑わずすました顔でいるからな。

「そこ、真面目にやりなさい」

「すみません」

怒られた。

二曲目のパートナーはシムオンだった。前にずれたのだ。

「いや、すっげー視線感じるんだけど」

「え？」

侯爵令嬢と踊ってるノクスはこっちを睨んでた。正確にはシムオン。

フローラはリールと踊っていた。殿下は多分準男爵とかその辺の爵位の女の子だった。真っ青な顔で踊っていて女の子が気の毒だった。円になったらそうなるよね……

そうして二回練習して終わった。

「なんだか疲れたなあ」

「浄化」

「ほんとに浄化してる‼」

「シムオン、穢れてるってさ～」

ぎゃははとリールが大笑いしている。

「俺、順番変えてほしい……」

シムオンが一人暗くなっていた。生まれた家の爵位だからどうしようもないよね。

俺も普通に男性側だったらあの位置じゃないんだけど。

殿下もシムオンの言葉に頷いて落ち込んだ顔をしていた。

なぜだ？

◇◆◇　◇◆◇

久々に予定のない休日だ。

応接室でお茶を飲みながらノクスとのんびりしていると、メイドさんが呼びに来た。

「衣装が届きました。最終確認をしてほしいそうで、服飾工房の方もお見えになっております」

「あ、そういえば父様が言っていたっけ。忘れてた」

「通してくれ」

お針子さんを連れた工房主がやってきて衣装合わせをする。それぞれの自室で着替えて最終の直しをして終わった。応接室にそのまま降りる。

「これでいいよ。ありがとう」

「私もだ。ありがとう」

「ではこれで失礼いたします」

そうして工房の人たちは帰っていった。

明日着るデビュタントの衣装だ。ノクスと並んで立って見比べる。

「なんかノクスのほうがシュッってしてる」

「なんだ、シュッて」

「俺の衣装、ちょっとひらひらしてない？　袖とか、襟とかひらひらしたの付いてる。ノクスは襟もかちっとしてるじゃない？」

「セイは手芸が得意なのに語彙が……」

「いいんだよ！　そこは！」

「私にそのデザインは合わないぞ」

「確かに」

衣装は燕尾服に似たデザインだ。上着はいわゆるフロックに近い。ベストはウエストまで。襟は立てて中にクラバットを結んでいる。日本だと正式なのはホワイトタイだけど、こっちも正装でOKだからいいみたい。

俺のシャツは上着からもフリルが見える仕様になっていて、それに刺繍がされている。

カフスは誕生日に贈ってもらったカフスボタンを付けた。靴は革靴。

ノクスは燕尾服に近いデザインの白バージョンでホワイトタイ。カフスボタンは俺の贈ったものを付けている。

「似合っている。すごく綺麗だ。リボンはこれを使ってくれ」

渡されたリボンは黒地に銀で刺繍がしてあって、よく見ないと地が黒とはわからない。

「うん」

そういえばオメガは首を晒さないほうがいいって衣装選びの時に母が言っていたな。だからこんな首ぐるぐる巻きのデザインなのかな。いや、俺はアルファだから。

そんなこんなで当日。終業式はすぐ終わり、夜のデビュタントに向けて皆が準備するために寮に戻った。

着替えはメイドさんに手伝ってもらう。俺には無理。衣装合わせの時だってこんなの一人じゃ着られないって思った。

会場は終業式を行った大講堂だ。終業式が終わったあと、急いで会場を整えたようだ。先に招待客が会場に入り、俺たちはあとの入場になる。

学院生じゃないエスコート役は寮まで迎えにくる。

そして会場にはエスコート役の人と一緒に入り、控室へ向かって控室の入口で別れる。エスコート役は会場で登場を待つのだ。

俺はノクスがエスコート役だから一階で待ち合わせて会場に向かった。

「なんか緊張してきた」

「そうか？　私はすごく気分がいい」

「え、なんで？」

「セイのエスコート役だからかな。もちろん一生エスコート役を務めるつもりだが」

「…………」

「顔、真っ赤だ。可愛い」

「もう、もう、ノクスは！　からかっているんだろ!!　俺はアルファになるの！」

「アルファになっても、私はセイのエスコート役をするつもりだよ」

ドキン、と鼓動が跳ねる。最推しの笑顔で言われたら頷いてしまいそうだ。

「そ、そんなの無理じゃないの？　だって両方アルファだったら子供できないじゃん」

「問題ない。弟がいるからな」

「結婚もできないよ」

「しなくていい、セイと一緒にいられれば。【月夜】としてSランク冒険者を目指してもいい。元々私はウースィク公爵領に思い出はあまりないし、気持ち的にはロアール伯爵領が故郷だ。ロアールに正式に移住してもいい」

「馬鹿だよ。ノクスは」

泣きそうになった。こんなの、卑怯だよ。第二の性が判明したって関係ないじゃない。

「馬鹿でいいよ。セイと一緒なら」

「……馬鹿」

もう言葉が出ないので、ノクスに黙ってエスコートされて会場入りした。

「なんだか顔が赤いよ。セイ」

控室に先に来ていたロシュに突っ込まれた。

「暑いからかな？」

長袖だしね。

「皆揃ったな。整列して待て。もう間もなく入場時間だ」

教師がやってきて指示が飛ぶ。遠くから音楽が聞こえる。練習の通りに整列し、待つ。

「時間だ。慌てないで行くんだぞ」

控室を出て講堂の入場口に向かう。その向こうから紹介の口上が聞こえ、先頭が中に入っていった。前世のワルツに近い音楽が流れてくる。

音楽に合わせて入場すると、大勢の招待客が会場にいるのが見えた。そこを練習通りに入場し、先頭からペアになって会場を踊りながら回る。

ノクスのリードに任せてくるりと回るとお互いの髪が流れる。

「やっぱりセイは綺麗だ」

「もう、黙って！」

足踏まないように必死なんだよ！

そうしてシムオンとも踊って曲が終わった。全員で礼をして会場に散る。

またノクスに睨まれたシムオンは急ぎ足で両親のいるところへ向かった。

俺はまた浄化された。

「さっき、ご両親がいるのを見た。こっちだ」

ノクスにエスコートされて両親の元へ向かう。父がまた眉間に皺を寄せていた。

「ノクス君。絶対にセイから離れてはだめだ」

「かしこまりました」

いつもは離れろって言うのになんだろう？

「セイが踊っている間、周りの人たちがうるさかったのよ」

「はあ？」

「すぐにわかるわよ」

くすくすと笑う母に首を傾げていると、俺より少し上くらいの人たちがこっちに向かってくるのが見えた。三分の二は男性だった。父とノクスが俺の前に立った。

なぜか俺にダンスの申し込みが殺到し、全部父とノクスが追い返した。ノクスは女の子もすげなく追い返していた。女の子たちはどうやらノクスに申し込んだようだった。

さすが宵闇《よいやみ》の貴公子。

あれ？　アルファとか言う以前に俺、男として見られてないの？

釈然としない思いをしつつ、デビュタントは終了した。

第二王子殿下とフローラは終始人に囲まれていた。さすが王族とレアな加護持ちだ。第一王子殿下も側にいた。フローラを気にしている様子に見えた。いや、弟の第二王子殿下のフォローかな？

俺とノクスと両親はお世話になっているシムオンとロシュのご家族、久しぶりの王女様にご挨拶できた。リールは嬉しそうに、とっかえひっかえ女の子とダンスをしていたそうだけど。

馬車でタウンハウスに帰るともう真夜中。早々に部屋に引っ込んだ。


翌日はもう領地に帰ることになった。公爵がやってきて一緒に帰郷する。アナトレー帝国の重鎮の相手はほかの外交官に投げたらしい。

ウースィク公爵領に着くとヴィンとエクラが駆け寄ってきた。

学院の土産話をお茶会で話してお土産を渡した。ほんのちょっと見ない間に二人は大きくなっていた。俺の小さいころより育っている気がする。少し長めにお邪魔してロアールへ戻った。いつもの領境で師匠は無双して、ロアールに入った。

麦畑が見えてきて俺はほっとする。体から力が抜ける。

「三か月くらいしかいなかったのに、なんだかすごく懐かしく感じる」

「そうだな。この景色を見ると、帰ってきたって思う」

ノクスも頷いてくれた。

ノクスはもう、公爵領で過ごした時間より、ロアールで過ごした時間のほうが長い。

「明日は神殿に行こう」

神様に祈りを捧げないとね。

「わかった」

神殿への道は大分完成してきていて騎士の見回りも増やしたそうだ。元々月の神への信仰が厚い土地だから、かなりの人数の領民が押し寄せているという。

学院に夏休みの課題はないが夏休み明けに実力テストがあるし、実習では新しい魔法や武技を覚えたか確認される。

武技はいわゆるスキル。剣技の派生スキルや盾職のウォークライとかそんなのだ。

久しぶりの実家で気が抜け、とりあえずお風呂に入ってベッドに転がった。

「疲れた」

なにせ、勉強のほかに余分な職務が増えている。殿下とフローラの存在に対してどう振舞うのか正解は見えない。

ノクスはゲームと違ってボッチじゃないし、よく笑う。

最近は口説きに磨きがかかって俺を困惑させる。

嫌なわけじゃない。むしろ……

「………」

俺は思考を放棄して朝まで寝てしまった。失敗だ。

「料理長が腕を振るった力作だったよ」

朝起こしに来たノクスの情報に俺は頽《くずお》れた。

「神殿行きはどうする？」

「行く！」

美味しい朝食を食べてクロがいる厩舎に向かう。久しぶりに会うクロとルーは嬉しそうにじゃれついてくれた。

「よしよし、クロ、今日は神殿へ行くからね」

「ルー、頼むよ」

「準備はいいか？　坊っちゃんがた、出発するぞ」

「はい！」

俺とノクスは揃って師匠に返事をした。

久しぶりの乗馬にクロもルーも上機嫌だった。ルーに乗ったノクスは白馬の王子様に見える。きらきらエフェクトもかかってて俺は思わず二度見した。あ、魔力だ。魔力だった。

魔力制御を身に着けてきらきらは抑え気味になっていたノクスだったけれど、上機嫌の時は少し漏れてしまうみたいだった。

見惚れてしまうのは仕方ないよね。神々しい情景だったもの。

「ブル？」

手が止まってしまった俺をクロが急かした。

わかったよ、ちゃんと気合いを入れて乗るって！　あとで角砂糖あげるから許して！

魔の森に続く街道は行き交う人が多くなっていた。神殿に行く道も街道が整備されつつあって、人通りが多い。冒険者の姿も見かける。神殿へ向かう人の護衛のようだ。

途中の野営ポイントもちらほらと人がいた。

「先に森で狩りをしてからにしない？」

「中に入るのは人の少ない時間を狙ったほうがいいだろうな。領民に囲まれる」

「貴族用の控室は作ってあるはずだぞ」

「最悪そこで引くのを待つか」

「とりあえず狩りだよ。狩り！」

「セイが狂戦士になっている」

「俺は指示をしない狩りがしたい～！」

久々の三人の野営は楽しくて少し浮かれた。交代で見張りをして翌朝早く野営地を出発する。

魔の森の浅層で魔物を討伐して、夕方近くに神殿に入った。

「セイアッド様、よくいらっしゃいました」

「どうぞ、こちらへ」

神官に案内されて祭壇のある部屋に行く。すれ違う領民は頭を下げて去っていく。

三柱の像が静謐な空気を纏って変わらずあった。

跪いて祈る。そしてまた俺は月の神に招かれた。

『久しぶり』

「お久しぶりです」

『ありがとう。祈りはかなり増えて力が強まってきたよ』

「よかったです」

『夜の君の力も増している。感謝しているよ』

「いえ。友人のためですし」

『そうかそうか、友人か。大切にしてあげてほしいな』

「はい。もちろん」

月の神の笑顔が見えて意識が戻された。はっとして目を開けて顔を上げた。

「セイ、身体が光っていた」

ノクスが苦笑しながら言う。

目立った。派手に光ってたらしい。俺が神官に祈られた。

神殿で祈られたあと、神殿内の部屋を貸してくれるというのでそこを拠点に狩りをした。魔物を弾く結界なので魔馬は中に入れないかと思ったが、入れてよかった。

レベルが上がっているのか、以前より森の奥に入っても大丈夫になったみたいだ。

俺の課題は近接戦闘と攻撃魔法。月の神の加護による魔法は攻撃的な魔法が少ない。満月鏡は鏡の反射のような、攻撃を相手に返す防御魔法だ。属性魔法は使えるが、いまいち上手く使えない。水か土。土で偽メテオくらいならできるかな。水はウォーターカッターかな？

「あー失敗した」

大量の水で魔物を流してしまった。くすくすとノクスが笑う。

ノクスの魔法は宵闇《よいやみ》の神の加護で、一番の得意魔法はなんとスリープ。まあ、夜は寝るべきだよね。隠形《おんぎょう》や影縛り、闇魔法に近い魔法も使える。闇の精霊は宵闇《よいやみ》の神の眷属《けんぞく》なんだって。

でもあんまり人前では使わないから、もっぱら磨いた剣技で魔物を狩っている。

「坊っちゃんがた、戻らねえか？　悪い予感がする」

「わかった」

「わかりました」

師匠の勘は外れないからすぐに引き返す。マップには赤い光点はたくさんあって、詳細を見ないことには師匠の予感の対象はわからない。

その一つの光点が加速して俺たちの前に来た。

バサリと大きな羽音がしてグリフォンが現れた。それともう一つの光点、青の光点が俺たちの後ろに現れる。

フェンリルだ。

『ついてきなさい』

頭に響く声。

ノクスと師匠も聞いたようで師匠がため息を吐いて頷く。

フェンリルは踵を返すと森の奥に向かう。グリフォンはそれを見届けると去っていった。

これ、帰る時大丈夫かなあ。きっと送ってくれないよねえ。

鬱蒼《うっそう》とした魔の森の奥へ向かっていると、かなり貴重な素材が見つかる。隙を見て採取していると、フェンリルが振り返った。

なにも言わずに顔を戻す様子に、採取の手を止めて大人しくついていった。

く、次に来た時はここまで来れるようにする！

「セイ、無茶はするな」

「うん」

ノクスは俺の手を握ると、そのまま歩く。

急に開けたところに出た。フェンリルが振り返ると目の前がブレた気がした。

一瞬閉じた目を開けると目の前に神殿があった。月の神の神殿と同じ神気を感じる。

『ここは宵闇《よいやみ》の神の神殿。そなたたちは招かれた』

目の前が急に暗くなり、俺は意識を失った。


暗闇の中を歩く。

不思議なことに不安はない。夜は安らぎの時間で闇はノクスの色だ。

俺の周りだけ、ほんのり月の光が見える。いや、俺が光っている？

ふと前方に人影が見えた。豪奢な黒の衣装に包まれた、ノクスに似た黒髪黒目の青年。

目の色は悲しみの色。その人の手が俺に伸びる。

『私の前から去らないでくれ』

『私はあなたの側にいると誓ったでしょう？　信じてくれないのですか？』

『信じている。だが、あいつは卑怯で、狡猾で、欲のために手段を選ばず、ためらわない』

『守ってくれるんでしょう？　私もあなたを守ります』

『ああ、もちろんだ。愛している……私の唯一』

俺が話しているんじゃない。口が自然と動いた。それに俺の声じゃない。この声は、月の神？

抱きしめられ、俺は茫然としてその顔を見上げる。

愛しげに細められたその目の色と顔はラスボスと化したノクスにそっくりだった。

ふっとそれも消えて暗闇に取り残された。足元の床が消え、落ちていく。


「……セイ……セイ……」

揺さぶられてはっとする。

「ノクス！」

「よかった。目覚めたんだね」

ノクスに抱きしめられた。目の端に師匠が倒れている。

「俺、どうしてた？」

「皆ここに倒れていた。私が一番初めに目が覚めた」

「宵闇《よいやみ》の神様に会った？」

「会った……というのかな？　よくわからなかった。整理がついたら話すよ」

「うん」

体を離されたところで、師匠が目を覚ました。師匠はなにも見なかった。目を閉じて目を開けたら今だったそうだ。神殿の造りは月の神の神殿そっくりだったけれど、濃密な神気は体に堪《こた》えた。

『では、そなたたちは戻るがよい』

フェンリルが前に現れて俺たちを転移させた。

「ここは？」

「月の神に託された神殿だ」

「ダンジョンの転移罠みてえだ」

俺たちはいつの間にか月の神の神殿へ戻っていて、茫然とした。

森の奥にある神殿は宵闇《よいやみ》の神の神殿なのか。

フェンリルもいたし、伝承は両方の情報が混じっていたのかな？

「無事に戻ってこれてよかった」

「ああ」

「ちげえねえ」

その後は森に潜ってもなにも起こらず、王都に出発する日が来た。


「父様、セイです」

父に呼び出されてノクスと執務室に来た。

「お入り」

父と母が並んで待っていた。執務机の上には大量の書類。

「まさかと思ったけどね。こんなに釣ってこなくてよかったんだよ。セイ」

「はい？」

「セイ、これ、全部釣書だ」

「釣書？　え、これ全部？」

パラパラと手に取って何通か見る。

「ほとんど男からじゃねえか！」

バンと釣書をテーブルに叩きつけた。

「あらあらままあ。セイ、言葉が乱れていますよ」

「そりゃあしょうがない。男性のパートナー側にいたからなあ」

「それだよ！　それが悪いんじゃないか！」

「セイ、オメガの可能性が一番高かったから、わかってね？」

「大丈夫だ、セイ。全部燃やすから」

ノクスが無表情で目が怖くなっている！

「まあ、全部断るつもりだけどね」

父様は肩を竦めた。

「もちろんだよ！　絶対断……ん？　いいの？」

「セイ。君は仮婚約してる身だろう？」

「はい？」

ノクスを見たらうんうんと頷いている。

「オメガなら婚約するって言ったんだろう？　私も鬼じゃないからね。オメガになったセイが承諾したら、婚約を結ぶ契約を公爵と交わしてある。もちろん、アルファであれば契約は消滅だ」

「え、俺、考えないでもないって」

「王家やほかの公爵家が無理やり来るかもしれないだろう？　しておいたほうがいいと思ったんだ。セイはもてるから」

「はあ？」

「女の子じゃなく男にね。なんでだろうねえ」

父が肩を震わせて言っている。殴りたい。

「あなた」

「はいっ」

母の笑顔の奥に怖いものを見た気がする。

「実際、相性が悪いと結婚はできないものだが、世の中には例外がある。言葉が通じない相手だ。セイはこれだけ縁談が来るということを念頭に置いて、危機感を持って学院で過ごしなさい」

母に睨まれながら父が言った言葉に頷く。まさか俺がこんなことになるなんて。

「ノクス君もセイを守ってやってくれ」

「もちろんです」

「それからこれを。王家からのお茶会の招待状だ」

「はい」

「第二王子のお相手を探していらっしゃるようだ。側近もだが、側近は学院の卒業ごろに決まるらしい。婚約者は殿下の第二の性が決まり次第、候補が絞られるらしい。まだ第一王子の婚約者もお決まりでないから、第一王子から決められるはずだろうがね。お歳が近いせいで婚約者候補が被っている現状をどうするおつもりなのかな」

「殿下の周りには女の子もたくさんいるし、俺には関係ないんじゃないかなあ……」

「セイ、男のオメガは貴重で優秀な子供を産むと言われているからもてはやされるんだ。この釣書はそれを見込んでいるんだよ」

「そうね。決まったら早めに知らせるのよ。それと、このチョーカーも渡しておきます。第二の性に目覚めたらつけるのよ。クラバットの下にでもつけるといいでしょう」

「なに？　これ」

「万が一の保険です。強引に番《つがい》にする輩《やから》もいないとはいえません」

「婚約が決まったら私が贈ってもいいでしょうか」

「ああ、それはもちろん。周知もできていいでしょう」

「ありがとうございます」

渡されたチョーカーはネックアーマーといえるほどの作りだった。防具だな、これ。

「いいかい？　セイ、君は強いけれど不意打ちや薬を使われる可能性もある。本当に気を付けて」

父様が真剣な顔で俺を諭す。母にヒート抑制剤をもらった時のことが頭に浮かんだ。

「う、うん……」

俺は守られる側ってことなんだ。父が節度とうるさいのは俺が心配だからだとわかった。

出発の日の朝に言い渡されたことを思い出して、ため息を吐く。

小さな馬車にノクスと師匠と乗っている。護衛の騎士は二人。

うちと王都を結ぶ街道は野盗はあまり出ないのだけど、護衛なしは父が許さなかった。

クロで向かうつもりだったのにな。

「伯爵はセイが心配だからだよ」

「わかっているけど……」

「そうだぞ、セイアッド坊っちゃん。危険は遠ざけられるならそのほうがいい」

「わかった。守られる側も意識が必要、だったね。うん。ありがとう」

そうして思い出した。華がよく言っていたオメガバースの物語の設定。

オメガは大抵本命と出会う前にひどい目に遭っていて、そこを救い出されるとか。

マジか。オメガになったら俺はそんな立場になるの？

師匠、ノクス、頼りにしてる。俺、防御魔法に磨きをかけよう。

無意識でも常時発動させられるよう、頑張ろう！


王家の招待状は夏休みの最終日にお茶会が開かれるというものだった。

公爵領に寄った時にノクスも渡された。

「早めに王都に着く計画にしていてよかったな。支度が間に合わないところだった」

「そうだね。返事も公爵の早馬に乗せてくれるそうだし」

「ダンジョンも潜りたかったのにな」

「余裕が出れば行こう」

「うん。王宮のお茶は高級のはずだしね。お茶とお菓子を堪能しよう」

俺たちは王都に着いたらまっすぐ学院に向かい、馬車と騎士たちはタウンハウスにて一休みしたあと、寮に戻ることになっている。

隣を歩くノクスを見た。

仮婚約者になっていたことに驚いたけど、もしオメガになったらほかの男と恋人になるなんて考えられない。

ノクスはずっと一緒にいたし、ゲームのことを抜きにしても一番親しい相手だ。

最近は口説いているんだろうなって思うことが多いし、ノクスが俺に好意を持っているってわかっている。

『ああ、もちろんだ。愛している……私の唯一』

あれは宵闇《よいやみ》の神の、月の神への思いだ。

ノクスにあんなことを言われてしまったら、俺はもう意地を張れないかもしれない。

ノクスが好きだ。

俺は多分、ノクスに恋をしている。

前世の恋愛観が邪魔をするけれど、それを抜きにすれば誤魔化しようのない気持ちがある。

「ノクス」

　俺はつい名前を呼んだ。

「ん？　なにかな？」

「あのお店、父様に頼んで予約入れてもらったから、明日行こうよ」

「わかった」

　自覚すると距離感が少しわからなくなった。

　どうしよう。俺、赤くなってないかな。隣で嬉しそうに微笑むノクスを見ながら、そっと熱を確かめるように頬に手を当てた。

　カフェは楽しかった。カフェのパティシエが独自に開発したメニューもあって美味しい。

　女の子やカップルが多かった。ここに来ている人のほとんどはベータなのだろう。貴族は個室を使うと父から聞いたのだ。俺たちは目立たない席に案内してもらっただけだけど。

　師匠もいるけど、こういうのはデートなんだろうか？

　意識するとかえって、ノクスへの態度がそっけなくなった。

　自分ではどうしようもないので、なるべく普通にしようと心の中で意識した。こうなるとバース鑑定が早く受けられるといいと思ってしまう。

　ノクスは通常運転で、気にしてなかったようだけれど。

◇◆◇　◇◆◇

今日は王宮での殿下のお茶会。前と同じ場所で開かれている。たくさんの同年代の招待客がいた。学院で見かける顔があったから、学院の一回生がほとんどかもしれない。

「よく来てくれた。皆。夏休みはどうだった？」

「予習復習、鍛錬で終わった」

肩を竦めてシムオンが言う。

「僕はなぜか、釣書がいっぱい来てたよ」

ロシュがため息を吐きながら言った。ロシュもなんだ。

「ロシュも？」

「セイも？」

ロシュと顔を見合わせた。ロシュも男からなのかな？

「あー、俺もだな」

シムオンが小さく手を上げる。

「僕は来てなかった……」

フィエーヤが肩を落とした。親が選んでるかもしれないから気を落とさないで！

「ノクスは？」

殿下が聞く。

「来ていたようだが、必要ないから実家に届き次第、断りの連絡をしてもらっている」

「必要ない？」

「ああ、俺とセイは仮婚約しているからな」

「ええええ？」

「ほんとなの？　セイ」

ロシュが目を輝かせて聞いてくる。殿下の隣のフローラからもキラキラした視線が飛んできた。

通常運転だな、華……でもそれが頼もしい。

「オメガだったらの話だよ」

「ああ、そうか。セイアッドがオメガだったらヤバいもんな」

「なんだよ、そのヤバいって」

シムオンが肩を竦めて言う。

ちらっとシムオンがノクスを見る。ノクスは涼しい顔をしている。

「男のオメガは争奪戦がすごくて決闘騒ぎや誘拐監禁とかあるって聞いたぞ」

「ひえええええ」

俺は内容のヤバさに悲鳴を上げた。

「他人事じゃないぞ？　婚約していても奪いたいやつはいるんだからな」

「大丈夫だ。そのための仮婚約だし、私が守る」

「え、それは本命が現れるまでってことなのかしら？」

フローラが首を傾げる。

「いや、オメガだとわかったら正式に婚約になる」

「まあ、そう、だね」

俺は顔が赤くなっている自信がある。フローラの目がまた輝いた！

「セイアッド、ご愁傷さま」

シムオンがほっとした顔で言った。

「なんでだよ！　そこは祝えよ！」

「ノクスの粘り勝ちってやつだから祝うとかそんなんじゃないだろ。これでノクスに睨まれないと思うと清々しい気分だ」

シムオンが肩を竦めて両の掌を上に向けた。やれやれってポーズ？

「はあ？」

「僕もそれだったら安心します」

フィエーヤがくいっと眼鏡を指で上げながら言う。お茶を飲んだからか曇ってるけど。

「セイ、おめでとう」

「あ、ありがとう、ロシュ」

「僕も、オメガかもしれないから、バース鑑定待ちで釣書が保留になってるんだよ」

「そうなの!?」

「デビュタントで女性側だったでしょ？　あれってオメガになりそうな男性が踊る慣習なんだって。女性が足りないからだと思っていた僕が迂闊だったよ。お見合いを申し込んできたのほとんど男性貴族だったし」

やっぱり男からだった！　ロシュ、可愛いし。なんとなく納得はするけど俺より背が高いし、剣も強いのに。釣書が男ばっかりなんてひどすぎる。

第二王子殿下がカップをカチャカチャ音立てているけどなんでかな？　めっちゃ動揺してるように思うんだけど？

「うん。俺もそう」

「セイも？」

「女の子なんか一人もいなかった」

俺が遠い目をするとロシュがくすくす笑った。

「セイは女の子に優しいよね。なのに、いないんだね。もしかしたら同性枠だったり？　ノクスは冷たいけど、それは男よりましな程度、だから結果冷たくされてるって噂になっているよ。ノクスはセイ以外には冷たいっていうのが正解だと思うけど」

「いや、ロシュには冷たくしていないと思うが？」

俺の隣からノクスが言う。

「そうだったね」

ロシュが笑った。殿下が静かになったのでふとそちらを見た。顔色がよくない。

俺の視線に気づいたのかフローラが殿下に話しかけていた。

釣書の話題だけで、お茶会は終わって俺たちは寮に戻った。

「セイ」

「うん？」

「嬉しかった」

「ん？」

「オメガとわかったら考える、だっただろう？　私は正式って言ったのに否定しなかった」

「そこは言わなくてもいいと思ったたし、多分その……」

「その？」

ノクスが覗き込んでくる。近いよ！

「……そうなったら、ノクスが……から」

「聞こえないよ？　セイ」

「あー！　オメガだってわかったら答える！」

「セイ、今。今聞きたい」

「言わない！」

「入口でイチャイチャするのは近所迷惑だぞ。早く入れ」

「師匠！　そこはちゃんと仲裁して！」

「わかった。続きは応接室で」

「まだ追及するの!?」

「おかえりなさいませ。まずはお召し替えを……」

メイドさんも通常運転だな！

追及は免れた代わり、口説きが高確率で発生するようになったが、通常運転だと思おう。

学院が始まって月に二回、冒険者同好会の活動で月一回はノクスと二人でギルドの依頼を行う。時間がない時は学内の依頼を引き受けたりしている。

教師の雑用もそれで、ちゃんと報酬が出る。今回は教員室の片付けと清掃。

「よく来たね」

「失礼します！」

中に入ると積み上げた本、羊皮紙、なにかの道具などごちゃごちゃになっていた。それをまず整理し、清掃と浄化の魔法でおしまいだ。

「ありがとう。終了のサインをしよう」

「ありがとうございましたー！」

教員室を出てギルドに向かう道すがら、同じ一回生とすれ違う。

首周りにスカーフを巻いている女子の姿が増えた。

バース性のオメガになった子たちだろうか。そっと自分の首元を手で確かめる。

「セイ、どうした？」

「ううん。なんでもないよ。早く報酬もらいに行こう」

なるようになる。判明しないとわからないんだから。

あれ？　でも、なんでノクスがオメガ性じゃないかって言われないのかな？　子供のころは天使みたいに可愛かったのに。

「私がオメガの可能性か」

「そうだよ。ノクスは当然アルファになるって思われているじゃん！　なんでかなって思って」

「セイにはそこの知識もごっそり抜けてるんだな」

「はい？」

ノクスは口を片手で押さえ、やや目元を赤くしつつ考える様子になる。

「……まあいいか。そろそろセイも知識をつけないと、まずい気がする」

ぼそっとノクスが呟くと飲んでいた紅茶のカップを置いて俺に向きなおる。

夕飯も済ませて応接室で食後のお茶中だ。

「さすがのセイも股間についているものが、生殖に必要な器官だと知識があると思う」

俺はこくりと頷く。さすがってなんだ。俺はノクスにどう思われているんだ。

「アルファは妊娠させる側で、発情期《ヒート》に確実に子種を相手の生殖器である子宮に届けないといけない。男オメガに至っては相当な奥にあるそうだ。したがって、アルファの生殖器官はベータのそれに比べて長く大きい。さらに根元に特殊な器官が付いていて、これは赤ん坊のころでもある。ただ、幼児期になくても、年頃になって発現する場合もあるから、やはり、バース鑑定は必須なわけだが」

ちらっと俺を見るノクスの視線が俺の股間に向かう。

「俺にそれがあるのは両親が赤子の時に確認済みなので、ほぼアルファ性が確定しているんだ。そしてセイにないことは聞いていた」

「え？　俺にないの？」

こくりとノクスが頷いた。

「根元にある瘤《こぶ》のようなものだ」

「……あったかな？　そんなのいちいち見ないし」

ない気がする。いたって、前世と同じような息子だ。サイズも日本人の平均レベルだ。けして小さくはない。

「私はまだ第二の性は発現していないが、九割以上の確率でアルファだ」

「そ、そう、なのか。理由があってよかった」

思わずノクスの股間に目が行く。長くて大きいのか。男としてそれは羨ましい。

じいっと見つめてたら、ノクスは耳を赤くして俺の目を手で覆った。

「私にも羞恥心はあるし、理性がなくなることもあるんだから、迂闊なことはしないでほしい」

「え。あ、はい」

理性がなくなる。理性……。そこまで考えて真っ赤になる。

俺たちはもう、子供という歳ではなくなりつつあると初めて意識した。

父の慎みなさい、という言葉を思い出した。

ノクスの手が俺から離れていった。握っている時は意識しなかったその手は子供のころよりずっと大きくて、剣を扱うために手の皮が厚くなった硬い男の手だった。

◇◆◇　◇◆◇

秋季の授業も同好会の活動も順調だ。

冬休みは領に帰らずタウンハウスで過ごす予定だ。

徐々に寒くなってきている中、楽しみは秋の味覚。

食堂の食事は平均的だが、それほど悪くない。

うちの料理長が王城に流したレシピが貴族にも波及したり、父の始めたカフェのせいかデザートそのものにちょっとした変化が起きていて、なんとなく前世の味に近づいていると思う。

秋は栗とサツマイモ、かぼちゃ。どれも食事にもデザートにも使える。

栗は森の恵みで冒険者にも採取依頼が来る。落ちている栗の中で虫が付いてないものを選んで袋に入れる。

幼い子供でもできるけど、この世界は魔物が飛び掛かってくることが多いので、季節が深まると奥のほうに入らなければ採れなくなるものは冒険者が採取する。

ついでに討伐依頼も完了できるので美味しい仕事になるんだ。低ランク冒険者には稼ぎ時ってやつだ。

こういう仕事をする学院の生徒は大抵貧乏貴族の子女になるから、たまに学園や殿下のお茶会で見かけた顔とすれ違う。

「焼き栗食べたい。寮に帰ったら焼き栗しよう」

「焼き芋がいいぞ、俺は」

師匠がリクエストしてくる。俺とノクスは顔を見合わせて笑った。

「了解、一緒に作ろうよ。ノクス」

「ああ。喜んで」

学院へ戻って依頼完了の手続きを取る。護衛の師匠は先に寮に帰ってもらったので今はいない。

講義棟から寮へ戻る時、中庭のほうで言い争う声が聞こえた。

なんだと思ってそっと見に行くと、数人の女子が誰かを囲んでいるのが見えた。

廊下の陰に隠れて様子を窺う。

「いじめか？」

小さくノクスが呟く。

「女子の諍いに首を突っ込むつもりはないけど……」

段々エスカレートしてきたのか、声がここまで聞こえてきた。

「大体あなた、何様のつもりなの？　高位貴族の子息を侍《はべ》らせて」

「侍《はべ》らせてなんかいないわ。パーティを組んでいるし、友好関係を構築しているだけですけど」

「そういうところが皆を苛立たせるのよ！」

「淑女としての慎みを持って殿方とは距離を置いたほうがよろしいのではなくて？」

慎み、という言葉につい、ノクスを見てしまった。他意はない。

「あら、私はちゃんと距離を置いていますわよ？　遠くで見ていたほうが美味しいですもの」

「は？」

「美しい殿方たちのあれやこれ。当事者より、傍観者のほうが美味しいに決まっていますわ」

「……」

「私、彼らの行く末を見守るつもりですもの。もちろん掛け算は心の内の萌え、表面には出しませんわ。下手な口出しをして関係を壊すのは傍観者ではありませんもの。そしてあなたたちはそうではありませんよね？」

あれ？　こっちまで冷気が来た気がするんだけど？

「あなたたちがライバルの排除に群れて攻撃してくるのは構いませんけど、頓珍漢《とんちんかん》な方向の下種《げす》の勘繰りはやめていただけません？　それに自分からアプローチできないなら、私を排除するより懐柔してつてを作ったほうがおりこうさんではないこと？　私を排除しても彼らに目に留めてもらえる可能性はほとんどないのですから、下策ではないかしら？」

「な、なんですって？　お黙りなさい！」

囲んでいる女子生徒の一人が手を振りかぶり、囲んだ子の頬を張ったようだ。音が聞こえた。

「正当防衛成立ですわね」

そう言った声が聞こえると囲んでいた女子生徒が頽《くずお》れた。そのせいで見えた女子生徒の姿——

囲まれていたのはフローラだった。

「そこで見ているノクス君とセイアッド君、医務室の先生を呼んできてもらえるかしら？」

ばれてたよ！

先生を呼んで女子生徒を回収したあと（腹にワンパンだった）、なんとも言えない視線を投げかけてきた医務室の担当医に、笑顔で事情を彼女は説明した。俺たちを証人に、頬の手形を証拠としてその場を収めた。

「みっともないところを見せてしまって申し訳なかったわ。協力ありがとう」

一緒に寮へ戻ることにした俺たちにフローラは謝ってきた。

「いや、構わない。仲裁に入らなくてこちらこそすまない」

「あら、かえって拗れると判断したからでしょう。助かりましたわ。無事正当防衛が認められて」

「わざと打たれたんだろう？　君もかなりの策士だな」

「よけて手を出したら証拠が残らないもの。当然よ」

「フローラ、腫れてるけど、大丈夫？」

「セイアッド君、ありがとう。あとで治癒魔法をかけるから大丈夫よ」

「フローラは殿下といずれは婚約するんじゃないのか？」

ノクスがズバッと斬り込んだ。

「あら、今のところ、私は恋愛する予定はないわ。もちろん恋は落ちるものといわれるから、絶対ではないけれど」

「王族から求められたら断ることは難しいと思うが」

「ヘリスウィル殿下は私に興味ないと思うわ。王族の義務として私を保護しているだけですもの」

「なるほど、わかった。警戒度を上げておこう」

「それがいいと思うわ」

フローラとは寮の前で別れた。この先は特に危ないことはないだろう。

思いのほか時間がかかってしまって待っていた師匠がむくれてた。

なんとか宥めて師匠も焼くのを手伝ってくれた秋の味覚は美味しかった。

◇◆◇　◇◆◇

授業の一環としてダンジョン演習をする日が迫ってきた。

探索するチームは野営実習の時と同じメンバーだそう。

ダンジョンは数回このメンバーで潜っているからそう不安はないし、チームに一人教師か補助教師が付く。その随行員が成績を付けるし、危なくなったら対応してくれるという。

随行員の人数の都合でダンジョン演習は日を分けて行われる。下のクラスから始まって俺たちは最後のほう。

ダンジョン演習が始まった。特に事件はないようで順調に順番が回っているようだ。

俺たちの番は最後の日程だった。一日をかけできるだけマッピングをし、無理のない範囲で無事戻る。それがこの演習の課題だ。

たとえ到達範囲が少なくとも危険察知能力やパーティの連携等、素早い撤退判断も評価の対象になる。進む隊列は野営実習の時と同じ。

マッピング担当はフィエーヤ。文字も綺麗だし、絵もいけるからだ。

そして今日、俺たちのダンジョン演習の番となった。教師が一人、最後尾に付く。

「行くぞ」

先頭の殿下が声をかけ、ダンジョンに入った。

今回はマッピングが主体なのでいつもは通り過ぎる場所もしらみつぶしに当たる。一階層は弱い魔物しか出ないので前衛の三人があっという間に前衛が倒して魔石にしてしまう。それを中衛が拾いつつ俺たちは順調に進む。

「しらみつぶしにいくとなると意外と広いな」

殿下が地図を見つつ唸る。まだ白いところの多い、フィエーヤが書いている地図だ。

「ダンジョンは階層が深くなると広くなっていくそうだから十階層とか、倍以上じゃないかな」

三階層まで最短を皆で踏破したが、地図の穴埋めはしなかったからそう感じても仕方ない。

「そうなると野営準備が必要か」

「そうだな」

俺の代わりにノクスが殿下の呟きに答えた。

「よし、二階層へ降りる階段に出た。いったん休憩にしよう」

俺の言葉で下に降りる階段の手前の場所で昼にする。携帯食料と水を飲み、少し体を休めた。

皆でフィエーヤの書いた地図を確認する。綺麗に描けていた。魔物との遭遇場所、数も記入されている。メガネ男子は文官向きだった。

「二階層も頼む」

皆に褒められたフィエーヤは嬉しそうな顔をしていた。

そして二階層を半分回ったころ、前方で剣戟《けんげき》が聞こえた。

先に入った組が戦闘しているようだった。

「どうする？」

ロシュが前方を窺いつつ俺に聞く。

「この先の通路だったら避けられないんじゃないか？」

リールが斧を担ぎなおして答えた、

「そうだな。様子見て終わったのを見計らっていくしかないかな」

俺はなるべくほかのパーティとはかち合わない方針で行きたい。

「先の道が分かれていたらいないほうを行くか」

ノクスの提案に皆が頷いた。

「よし、決まりだな」

そうして進むことにした。

曲がり角で慎重に歩いていると足音が聞こえ、前方の通路から男子生徒が現れた。

「た、助けてくれッ……み、皆がッ……先生が、足止めを！」

同じクラスの生徒だった。二階層に強い魔物はいるはずがないけれど、俺たちは駆け出した。

「先生、頼みます」

泣き出しそうな生徒を教師に預けて先に行く。

曲がり角を曲がった先に、教師と交戦するオーガとマーダーベア、倒れている生徒たち。

「俺が弓で牽制する。助けに行ってくれ！」

俺は矢でオーガの頭を狙った。皆は駆け出した。

皆の頭上を越えた矢はオーガの頬を掠め、オーガの目が俺のほうを一瞬捉える。

「防御、身体強化」

皆に補助魔法をかけた。俺も駆け出す。攻撃魔法は生徒を巻き込みそうで撃てない。

「フローラ！」

俺の声に即座にフローラが拘束の魔法を放つ。

「バインド！」

植物がオーガの足を拘束する。

マーダーベアは拘束を振り切ったが、オーガは身動きができなくなった。

「助かった！」

教師が一歩引く。皆が生徒らの元へたどり着く。

「雷撃」

シムオンが教師を巻き込まないくらいの雷魔法をオーガとマーダーベアへ放った。

「グ、ガァ」

それは効いたようで気絶《スタン》の副次的効果が発生したようだった。

棒立ちになったマーダーベアの目と心臓を魔法の矢で射貫くと、あっけなく魔石となった。

森のマーダーベアのほうが強かった気がする。

「あとはオーガだね。ノクス、リール！」

「まかせて」

「まかせろ」

ノクスとリールが通路を塞ぐように前に出た。

シムオン、殿下、フィエーヤ、そして俺は生徒の様子を確かめ、担いで通路を戻る。

倒れているメンバーは七名。意識があって怪我をしている生徒もいる。その生徒には自分で移動してもらうよう声をかけた。

フローラが拘束を強め、オーガから充分距離を取ったら討伐する。

気絶《スタン》状態から復帰する前に目を潰すために矢を放った。

片目に刺さる。その痛みでか気絶《スタン》が解除された。

「グガアアアア」

ノクスが死角から斬りかかる。

棍棒を持ったオーガは武器を盾にして受け止め、真正面でつばぜり合いになる。

追いついてきた教師と逃げてきた生徒が、ほかの生徒を誘導して撤退に入るのが見えた。

フィエーヤとロシュ、殿下も手伝う。俺は元来た通路を塞ぐように立ち、弓を構えて防御とオーガのけん制に努める。

ノクスとリールに当たらないように、二本ほど、足を目がけて矢を放った。

その矢に気を取られたオーガの隙を突き、リールが横から斧でその脇腹を切り裂く。

膝をついたオーガの首をノクスが落とす。

魔石がコトンと落ちて、皆の緊張が解けた。

それから怪我をした生徒に応急処置をして、気を失っている生徒二人を教師が担いで帰還した。

二階層でオーガが出るはずはないので全員戻り次第、調査のためしばらくダンジョンには生徒は入れないことになった。

「イベントだった？」

「細かいイベントは私も覚えてないけれど、魔物の活性の一環かもしれないわね」

あとでフローラとこっそりそんな話をした。


秋の終わりが冬の始まりになるころ、ノクスの誕生日を祝った。

いつものメンバーがプレゼントをくれて寮に戻ったあと、二人で祝った。

ケーキは無理だったが、パンケーキぐらいは作れたので、それに生クリームと果物のジャムをあしらったなんちゃって誕生日ケーキを出した。

「十五歳の誕生日、おめでとう」

「ありがとう、セイ。嬉しい」

紅茶はメイドさんが淹れたほうが美味しいのでそれを飲みつつ、二人でパンケーキを食べた。

「それからこれ。寒くなるから、手袋とマフラー」

銀糸をあしらった毛糸と金糸をあしらった毛糸で縞模様にした白のマフラー。同じ糸で作った手袋。フローラに見せたらにやにやしていた。美少女が台なしだった。

ロシュはにこにこしていてそっちのほうが俺にダメージが来た。

「セイの色で嬉しい」

ぼっと自分の頬が赤くなったのがわかった。

ノクスの不意打ちにはまだ慣れない。嬉しそうに手袋とマフラーをつけて俺に見せる。

「どう？」

「うん。ちゃんと似合ってるな。よかった」

「セイが作ったマフラーと手袋だしね。明日からつけて行こう」

「それは嬉しいな。ロアールだとまだマフラー着けるほどじゃないけど王都は寒いよね」

「ああ。こっちで冬を過ごすのは初めてだから、風邪を引かないように気を付けよう。セイの誕生日は冬休みになってからだな。タウンハウスにはカフェにいる料理人がかわるがわる来てくれるそうだから、ケーキを作ってくれるように頼もうか」

「あ、そうか。カフェでパティシエしてるからデザートはお得意だもんね」

「料理長が鍛えた料理人ばかりなんだろう？　少し楽しみだな。ランチも美味しかったし、それぞれ得意料理も違うだろうし。料理を教わってみるのもいいか」

「料理ができるようになると野営が楽しみになるね。俺も教わって腕を磨こうかな」

「二人で料理を習うのか。それはいい」

「父様にお願いしておこう」

他愛ない話をして応接室を出る。一緒に階段を上がって二階で別れ際、ノクスが俺を引き留めた。

「もう一つ誕生日のプレゼントが欲しい」

「え？　欲張りだな、ノクスは。なにが欲しいの？」

そう返すとノクスは自分の頬を指でトントンと叩いた。

「お祝いのキス」

俺はその場で真っ赤になって固まった。慎み――!!

「わ、わかった。俺も男だ。特別にしてやろう」

「嬉しいよ。じゃあ、おやすみのキスもかねて」

ノクスが少し屈む。俺は背伸びをしてノクスの頬に唇をぶつけるようなキスをした。

離れて、見上げると目元がほんのり染まった、満面の笑みを浮かべるノクスの顔があった。

「お、おやすみ！」

思わず逃げるように階段を上がる。

「おやすみ、セイ」

後ろから、弾んだノクスの声が聞こえて、俺は手を上げてそのまま部屋に駆け込んだ。

心臓が、めちゃくちゃ仕事をしている。ベッドにそのままダイブした。

自覚してから口説きと思ってなかったノクスの言動がそれとわかるようになって、最近ひしひしと感じる。ますますエスカレートしているから、どこまで距離を詰めてくるかわからない。

「唇とか言われなくてよかった」

なんせ、触れ合うのすら慎んでないことになるんだ。ましてや唇なんてアウトだから言わないとは思っているけど。

恋愛経験は前世含めてゼロの俺にはハードルが高いんだよ。

キスなんてしたら本当の本当にファーストキスだ。一平としてもセイとしても。

さらに心臓の鼓動は早くなって耳に響いた。心臓が過労死しないうちに寝よう。そうしよう。

過労死したら俺も危ないじゃん！　とか一人突っ込みしつつ着替えて寝た。

◇◆◇　◇◆◇

王都はもう、すっかり雪景色だ。

降るのはもう雨じゃなく雪。積もった雪はこれからもっと深くなるそうだ。

道はちゃんと除雪されていて、大通りは馬車が行き交う。

「坊っちゃんがた、忘れ物はないか」

「大丈夫」

「問題はない」

タウンハウスから迎えに来た馬車に乗り込む。短い間だけど貴族は歩いたりしない。歩きたいけど。

メイドさんたちが荷物を積み込み（当座必要な物だけ）、馬車で待っていた。師匠が乗り込むとメイドさんたちも乗る。

俺たちは混雑を避けて少し遅めの出発だ。殿下とフローラはすでに王城へ向かって出発した。

リールは外交官が迎えに来ていた。

シムオン、ロシュ、フィエーヤも迎えの馬車に乗ってそれぞれの屋敷に戻った。

ただ寮にはまだ遠くから来た者たちが多く滞在している。寮の食堂もちゃんと開いているそうだ。

「冬のタウンハウスは初めてだなあ」

「少し楽しみだ」

「坊っちゃんがた、問題は起こさねえでくれよ」

師匠の信用がない！

タウンハウスに着くと使用人が出迎えてくれ、暖かい屋敷の中にほっと息をはく。

「ノクスは公爵家のタウンハウスに行かなくていいの？」

「私しか滞在しないからね。今両親は外交に出ているし。それにセイといたほうが楽しい」

「そ、そう。うん。俺もそのほうが楽しい」

外套をメイドさんに預けて自室に向かう。冷えた体を用意されていたお風呂であったためてから居間に向かう。

入るとすでにノクスがいて、メイドさんがお茶を支度していた。テーブルには焼き菓子が並べられている。

「王都は収穫祭はないんだっけ？」

「新年を迎える行事はあると殿下が言っていた気がするな。なんでも王族が挨拶する行事だとか」

あれか、ご参賀ってやつか。

「うーん。寒い中行きたくないな。それって義務なのかな」

「いや、そうではないらしいけど、その挨拶を見に来た民には祝い酒が振舞われるらしい。収穫祭と似たようなものらしいけどな。それを目当てに行く王都民が多いとシムオンから聞いたな」

「そんな話をしてたのか」

「ロシュとセイが家政をこなしている間にだな」

「ロシュは遊びに来るって言っていたけど。割と近くだからって」

「そうか。シムオンも来るようなことを言っていたかな。お菓子目当てに」

「シムオンは料理長に弟子入りしていたし、お菓子好きなんだよな。野営では料理の腕を発揮する機会はなかったけど」

「シムオンの料理レシピは厨房向きで、あそこではどっちみち活かされないんじゃないか。シムオンは料理は好きだけど、やっぱり家を継がないととは言ってたな。希少な雷魔法が使える人材だし、魔術師団は目をつけていると思う」

「ノクスは公爵領を継ぐんだよね」

「嫡子だからなにも問題がなければそうなるな」

「俺はどうなるんだろ？　ずっとロアールの領主になるんだって思っていたのにな」

「セイがロアール領主になるなら私がロアールに行く。なにも問題はない」

「オメガだったら継げなくなるからその時はヴィンになるのかな」

「その時は公爵領に来ればいい。それもできなければ冒険者になって国中巡ってもいい。【月夜】をSランクパーティにするとしよう」

「ノクス……ありがとう」

ノクスの中ではノクスの隣に俺がいることは確実みたいだ。

胸がきゅっとして、甘い痺れのようなものを感じた。

「あ、アルファの予定だからね！　も、問題はないよ」

はっとして思わず言った。

危ない。言い張らないとオメガのフラグが！

「さっきも言ったけれど、その時はセイを補佐するよ。ロアールに移住するから、なんの問題もないな」

ノクスはキッパリ言い切って俺は撃沈するしかなかった。

そして迎えた俺の誕生日にはロシュとシムオンもいた。シムオンは厨房に入って、俺のケーキを焼くんだと言っていた。そこにノクスも混ざって厨房がにぎやかだ。

「二人に任せようか」

「そうだね」

ロシュと二人、居間でお茶を飲む。

「あのね。そのう……」

「ん？　なに？」

ロシュが赤くなってもじもじとし出した。

どうしたんだ、ロシュ。

「僕ね。バース鑑定受けたんだ」

「え？」

「オメガだった」

「えええええ!?」

「今は、ちゃんと抑制剤飲んでる。熱っぽくなったら発情期《ヒート》の兆しだって言われた」

「そ、そう、なんだ」

そういえば着ているセーターの襟がハイネックだ。そこにちらりと、チョーカーが覗いてる。

「皆大人になるんだなあ」

「なに言ってるの。他人事じゃないんだよ。セイも」

俺は少し置いていかれたような気分になったけど、確かにと思って頷いた。

豪華な夕飯を経て今俺の目の前にはバースデーケーキが置かれている。イチゴのショートケーキだ。

「仕上げはノクスだ。頑張っていたぞ」

「ありがとう、ノクス」

「どういたしまして」

「じゃあ、いくよ」

ろうそくの火を吹き消して真っ暗になる。すると、魔道具の明かりがついて明るくなった。

「誕生日おめでとう」

皆が一斉に口にして拍手が起きる。メイドさんたちもだ。

「ありがとう」

一旦目の前からケーキは下がって、パティシエさんが切り分けてくれた。

「美味しい」

このケーキはパティシエさん監修、シムオン製作、ノクス補助のケーキなんだけど、すごく美味しい。シムオン、腕上げてる！

「まあ、スポンジは俺がやったけど、ホイップや飾り立てはノクスがやったからな」

「すごいよ。ノクス」

ロシュが感心した目をノクスとシムオンに向けていた。

綺麗に飾り立てられた生クリームはちょうどよい泡立て具合で硬くもゆるくもなかった。

プレーンでしっとりしたスポンジは三段になっていて間にもクリームと半分に切ったイチゴが挟まっていた。

生クリームは甘さ控えめでスポンジの甘さとよく合う。そこをイチゴの爽やかな酸味がアクセントになっていて美味しい。前世のクリスマスケーキで六千円はするやつだ。

「まだまだだけどね。喜んでもらえてよかった」

ほっとした表情を浮かべたノクスは照れた。

皆でケーキを食べたら会は終わり。

迎えの馬車が来て二人は帰っていった。

もらったプレゼントは別室にあって、一度も会ったことのない人からも届いている。父の付き合いのある人とか、釣書を送ってきた人とか。

殿下たちからも届いていた。

翌日にプレゼントを仕分けてお礼状を書いて送ってもらった。

ノクスからのプレゼントはペンダントだった。ミスリルのチェーンと台座にブラックダイアモンドが嵌め込まれていた。正装の時にも使えると言われた。

とりあえず次の日から服の内側にすることにした。

冬休みの残りは予習と鍛錬で日が暮れて、年末もせっかくだからと師匠を伴って王都の街を歩いて回った。雪の残る道をブーツで踏むとシャリシャリと音がする。除きれなかった雪に馬車の轍《わだち》が刻まれている。今は太陽が出ているけど、空のあちこちには雪雲がかかっている。

吐く息は白くて雪国って感じがした。フード付きの外套と手袋、マフラーで完全防備だが、それでも寒い。行き交う人は忙しそうで、荷物を待っている人が多い。

「あれ、ネックウォーマーしてる」

見回りの騎士の首元に昔うちの騎士団に父が提供した毛皮で作ったアレ。見事に規格が揃っているから冬の装備の一つになっているのだろうか。

「ああ、一時期伯爵が売りまくっていたからなあ。今は定期的に注文が入ってるとは聞いているな」

「へえ。うちの領、手仕事にはこと欠かないなあ。あの時大量に編み物した記憶が……」

思わず遠い目になる。

あの後しばらく続いてたからな。そこだけは父がブラック企業の上司に見えた。

「セイが作るものはもう身内にしか配らないでいい」

きりっとした顔でなに言いだすのかな？

「え？　あ、うん」

ノクスの言葉に気を取られて雪の溝によろけたのか、かくりと体が沈む。

そこをノクスが素早く腰を抱えて支えてくれた。

力強い手にドキリとした。鼓動が速くなる。

「危ない」

「ありがとう」

ノクスは俺をちゃんと立たせると手を握って歩き出した。

そこは師匠からも突っ込みはなかった。

市場に出るといろんな商品が台の上に並べられて売られていた。前世の外国のバザールのようで、新鮮だ。ここには初めて来た。

積み上げられた食材を見て、美味しそうな果物だけ買った。冬に実るものはそう多くはない。リンゴとオレンジを買ってタウンハウスに届けてもらうようにお願いした。

中央広場に出ると城が見えた。こうして見ると大きい。

「あそこに殿下や王様が住んでるんだね」

「ああ」

「ロアールだと収穫祭ってやつだが、王都は王様に会える一大イベントになっていて、ここの広場にいろんな店が出る」

「ここなんだ？」

「ここの門から王城の中の広場までが解放されて、王都の民がベランダに出てきた王様を見ることができるんだ。終われば一晩中そこかしこでお祭り騒ぎだ。見回り騎士の一番の活躍時になる」

師匠の言葉に俺とノクスは広場と王城をしばらく見て、屋敷に戻った。

さすがに十五歳ともなるとはしゃいで雪にダイブや雪だるまを作るわけにいかない。

それでも雪で真っ白になった庭をノクスと歩いた。

「妖精さんは？」

「しない！」

しばらくすると雪が降ってきた。さらさらと外套を滑っていく雪はパウダースノーだ。

見上げるとグレーの空からたくさんの雪が落ちてくる。最初は下に滑り落ちていた雪が服にとどまって、人型の雪像になりそうだった。

「うわー、あっという間に……」

「セイ、顔も雪に……」

ハンカチで雪を落としてくれた。お母さんか。

「ノクスもだよ。ほら」

俺もノクスの顔の雪を落とす。

メイドさんがタオルを持ってきてくれて、脱いだ外套を受け取ってくれた。

これから書斎に行って勉強の時間だ。予習の範囲は次の学年になる。専門コースを決めて履修科目を選ばないといけない。

「やっぱり貴族のコースしかないよね」

「領主貴族はそうなるだろう」

「魔法のほうをもっと勉強したいけど……」

「必修さえ押さえればほかは自由に選べるようだぞ」

「よし。その方向で」

もうすぐ冬休みは終わって短い春季が始まる。

「そういえば二回生の時って武術大会があるんだっけ？　二年に一回」

「毎回五月にやるそうだ。騎士科の生徒が優勝することがほとんどと聞いた」

「希望者が出るんでしょ？」

「武術の授業の時に選抜するようだな。ふむ」

「ん？　ノクス優勝しちゃう？」

「どうだろう？　うちのクラスより下位クラスのほうが必死さがあるから、強い者がいるかもしれない」

「俺は面倒だから出たくない。得物が弓なんだから不利だし」

「弓は的当てで競うとかじゃないのか？」

「え？　そんなのあるの？」

「いや、特にそこは詳しく書いてないな。学院に戻ったら聞いてみよう。そろそろ来年度の予定も出るだろうし」

「ダンジョン、そろそろ封鎖解けるよね？」

「そうじゃないと、いろいろ支障が出るんじゃないのかな」

「実戦で鍛えたいんだけど、ダンジョン行けないと効率悪い」

「そうだな。森は往復に時間がかかる」

「どうにかしたいよね。あ、予習！　休憩終わり！」

そして、春季の始まる前の日に寮に戻った。

寮の部屋はすでに前日戻ったメイドさんたちのおかげで綺麗になっているはずだ。

寮に向かう廊下で殿下とフローラに会った。

「久しぶりだな。ノクス、セイアッド」

「久しぶりね。ノクス君、セイアッド君」

「久しぶり。殿下、フローラ」

「久しぶりだ。二人とも」

「あとで鍛錬場に行かないか？　許可は取ってあるんだ」

「いいぞ」

「じゃあ、俺も行くかな～」

「私も行こうかしら」

「第一鍛錬場で、午後に使用許可をもらっている。ではな」

殿下たちは講義棟のほうに向かっていった。


はー、すっきりした。

「セイアッド君」

「フローラ、お疲れ」

「三人ともタフね。私はもう疲れたわ」

「子供のころから鍛えてるからね。いろいろこの先を考えると鍛えていたほうがいいだろう？」

「セイアッド君の子供のころって見たかったわ。もちろんノクス君も」

「俺はともかくノクスは天使だった」

「だった」

「今は天使というよりイケメンだろ」

「それはそうね。セイアッド君は天使より、美人かしら」

「は？　そこはイケメンでいいんじゃね!?」

「残念イケメンの法則が異世界まで……」

「その残念イケメンてやめてくれる!?」

そんな会話の間も、師匠とノクス、そして殿下は鍛錬を継続していた。

殿下に必死さが見える。

「これから魔物が増えますよって休みの間に言ったら大騒ぎになって、殿下は王城の鍛錬所に入りびたりになっていたの」

「爆弾発言」

「ゲーム的にも、現実的にもね。星と花の神からの情報だから神託になるのかしら？」

「魔王の復活か」

「一応秘密なんだけれどね。対策会議が連日あって、殿下にもプレッシャーが来ているみたい。私のことでいろいろ言われてるし」

「フローラの？」

「神官が、通い詰めて神殿にいたほうがいいとか、いろいろ」

「神子のような立場だからか」

「そうね」

そしてその日は鍛錬で終わり、明日は始業式だ。

エピローグ　殿下の告白と決意！

始業式が終わり授業が始まった。年度末の試験に向けて、緊張感漂う時期になる。

年度末の試験で今年の成績が決まり、クラス替えが一部行われるからだ。

二回生は基礎課程と専門課程が半々、三、四回生は専門だけになる。

専門課程は騎士、魔術師、文官、貴族の四科。令嬢や領経営をする者は貴族科。ほかの科は自分の技能に合わせて仕官を考えている者が行く。城勤めを考える者もだ。

高位貴族も、貴族科ではなく自分の得意な分野に進むことが多い。政治にかかわるなら文官だ。

ノクスは外交を受け持つだろうと、外国語の専門課程を取るつもりらしい。

俺もいくつかは取る。被らない授業は家政関係とそれだ。ノクスが外国語を取っている時間にそれを取る。魔法関係も一緒に取った。付与や魔道具も作ってみたい。錬金術も興味ある。

「それだけ取ると、冒険者ギルドで依頼を受ける暇はなくなるぞ」

「あっ」

ノクスの指導が入り、なんとか決めた二回生の選択授業の希望を出した。

家政の授業後、教室の移動でロシュと一緒に食堂に向かっていた時に殿下とフローラに会った。

「ノクスは一緒じゃないの？」

ノクスも殿下たちと同じ授業のはずだった。

「ああ、ノクスはもう移動している。席を取ってくれるらしい」

「なんだ。そうか」

「セイアッドに少しだけ話がある。二人とも先に行ってくれないか？」

「わかったわ。少し先に歩いているわね」

「わかった」

先に食堂に向かうフローラとロシュを見送りつつ、殿下を見る。

最初の出会いのような上から目線は消えて、穏やかな気配りのある性格になった。ノクスとだけはよく張り合ってるように見えるが、気が合うのではないかと思っている。

ゲームの殿下はノクスと比べられて腐っていたが、そんな感じはしない。フローラを口説いている感じもしないのが今の殿下だ。

「どうしたの殿下？」

「セイアッドは私を名前で呼んでくれないな」

「長いし」

「ヘリスでも、ウィルでも構わないが」

「王族を愛称とか。怖い」

「側近候補なんだから構わない」

「うーん、考えておく。で、話ってなに？」

ゆっくりと食堂に移動しながら小声で話す。

「私はアルファになったよ。婚約者候補の釣書を積み上げられた」

「どこの家でも同じだね。殿下はいいと思っている人はいないの？」

「いる」

「え？　フローラ？」

「なぜフローラなんだ。彼女は王族が面倒を見なければならないから、一番年が近い私が宛がわれただけだ」

「そうなんだ」

え、じゃあ、やっぱり友情エンド？　フローラ……

「セイアッド」

「はい」

「君だ」

「はい？」

「私がいいと思っている人は君だ。ノクスと仮婚約をしているのはわかっている。でも、本当の婚約でもよかったはずだ。セイアッドは迷っているんだろう？　だったら、オメガになったら私も婚約者候補にしてはもらえないだろうか？」

「え？」

「考えてくれるだけでいい。ああ、急がないとノクスが心配する」

頭が真っ白になった俺を急かすと、殿下は変わらない表情で食堂に向かう。

藪蛇《やぶ》だった。

なんで、俺なの殿下。

俺はもう、決めているのに。この世界に生まれてノクスと出会った時からきっと。

前世でも今生でも。

ノクスが好き。好きなんだ。

足早に歩く殿下の背を追いかけながら、ごめんなさい、と口の中で呟いた。


フローラとロシュの背が見えて、食堂の手前で追いついた。

食堂に入るとノクスがシムオンやリールと一緒に席をキープしているのが見えた。

俺たちに気付いて手を上げる。

俺が手を上げて返すとノクスの笑顔が零れた。

周りの女の子の目がノクスに集まる。その目は憧れを見る目で、忌避の視線ではなかった。

今の学院でノクスは嫌われていない。モテるからたまに男子生徒には嫉妬の目を向けられているけれど。

絶対、魔王にさせないって思ってここまで来た。

フローラが現れたこと、魔物の被害が多くなっているのは魔王の出現の予兆。

今のノクスに果たして魔王になる要素はあるんだろうか。

『自由に生きていいよ。でも、夜の君を助けてほしくはあるかな』

夜の君とは宵闇《よいやみ》の神のことじゃないかと今は思う。

宵闇《よいやみ》の神の神殿で見たあれは月の神と、宵闇《よいやみ》の神の記憶だ。

『信じている。だが、あいつは卑怯で、狡猾で、欲のために手段を選ばず、ためらわない』

そういえばあいつって誰だろう。神話で争っていたのは宵闇の神と太陽の神。

太陽の神はこの国の王族の主神だ。多かれ少なかれ王族の血筋には太陽の神の加護が発現する。

光り輝く金の髪、空を映したような青い瞳。その色が鮮やかであるほど太陽の神の加護が強いことになる。

第一王子殿下と第二王子殿下では第二王子殿下のほうが鮮やかだ。

『昼の神の神子と仲いいじゃない』

まって？　仲いい？　あれ？　今さら気付いたけど、昼の神の神子って、殿下!?

王族の中で俺と交流があるのって殿下しかいない。

「どうしたんだ？　顔色が悪い」

ノクスに声をかけられてはっとする。手に持ったスプーンは器の中で、全然量が減っていない。

「なんでもない。ちょっと考えごと？」

「ならいいが、具合が悪くなったらすぐに寮に帰ったほうがいい」

「大丈夫。午後の授業もばっちり！」

冷めてしまったスープを口に運びながら、殿下や月の神の言葉をいったん頭から締め出す。

その日の授業は身が入らずにさらに心配をかけてしまった。

『困っているね』

夢の中では久しぶりの登場だった。

『でも、決めているんでしょ』

テーブルに片肘をついた月の神が俺を見つめている。

「ノクスが大事なのは出会った時からだし、その、オメガになったら、ノクスの手を取るのは吝《やぶさ》かではないですし」

『ふううん』

にやにやとする月の神の顔が自分に似ていていい気持ちはしない。

『まだ意地を張っているんだね。こういう時はドーンと彼の胸に飛び込んでみたら？』

「意地ってなんですか？　俺は意地なんて張ってません」

『でも現に心を揺らしているしね。私も失敗したけど、君には失敗してほしくないんだ。だから忠告しよう。なにが大切かちゃんと考えなさい。私の頼みごとはそのあとに』

俺の頭を撫でて微笑む月の神はお兄さんのようだった。

鳥の声に目を覚ます。

なにが大切かはすぐに思い当たる。出会った時から俺はノクスが一番大事だ。

『夜の君を助けてほしい』

それが月の神の願い。夜の君が宵闇《よいやみ》の神かノクスなのかわからないけれど。

ノクスの笑顔をずっと見ていたいから困っていたら絶対助けに行く。

その決意は今さら変わらない。

殿下のことも真剣に向き合おう。傷つけないことはできないだろうけれど、ちゃんと考えて答えを返そう。

「おはよう、ノクス」

「おはよう、セイ。今日は顔色がいいね」

「ぐっすり寝たからかな？」

「もうそろそろ試験だから無理に勉強してたとか、ない？」

「ないない！　お腹空いたから早く朝食、食べに行こう！」

もうすぐ雪解けだ。春はすぐにやってくる。

試験も終わって春休みも近くなって、学院内に浮かれた空気になる。

春と言えば恋の季節なのか、男女二人組で仲よく話している姿が目に付くようになった。

「なにかあったの？」

「え？」

いつもの鍛錬後にジャージ姿のフローラが聞いてきた。

「殿下を気にしてない？」

「は？」

「なんか、セイアッド君の視線がたまに殿下に行くのが気になって」

「え？　俺が？　殿下を見てた？」

「ええ。なにか気にしているような。ノクス君に誤解されても知らないわよ？」

「ちょっと待て。なんでそこにノクスが……」

「殿下を見てるセイアッド君を、ノクス君が見ているのも見てたからよ！」

「ストーカーか！」

「推しを見つめるファンの可愛い応援の視線と言って」

「微妙な言いわけ！」

「まあ、それは置いておいて、実際、なにがあったのかしら？　ほら、お姉さんに話しなさい」

「誰がお姉さんだ」

「うふふ。誕生日は私のほうが早いからよ」

「はあ。なんか殿下に婚約者候補宣言をされて」

「え？　ほんとに？」

「俺はびっくりして、そういう気持ちが殿下にあったのかって。ちょっと信じられなくてつい」

「つい、見てしまうってわけね」

「ノクスに言うのも、違うかなって思って」

「そうね。うん。殿下を見た回数数えてあげるから、その回数の倍、ノクス君を見なさい」

「はい？」

「その時はね。ただ見るだけじゃダメ。うっとり見惚れてないと。目が合ったら照れた顔で視線を逸らすのよ」

「はあ」

「いいわね？」

「殿下の言葉に悩んでいる俺にするアドバイスじゃないと思うけど気のせいかな」

「あら、殿下の言葉に悩むっていうのは殿下を選ぶ可能性があるの？」

「それはない。ないけど、言われること自体、困る」

「なら、スパッと断ってしまいなさい」

「うん。その、オメガになった時に断る。条件はそれだから」

「アルファの可能性あるのかしら」

「う……あるんだよ。ある！」

「私はノクス君推しだから、セイアッド君にはノクス君とくっついてほしいけど？」

「な、なにを言って……」

「うふふ。皆、ノクス君とセイアッド君はセットとして認識しているから、大丈夫よ」

「全然大丈夫じゃない」

「大事なのはセイアッド君の気持ちだから、後悔のないようにしてね」

「わかってるよ」

わかっている。そう心で頷いて剣を交わしているノクスと殿下を見た。初めて出会ったあとも王都に来るたびにああして手合わせをしていた。殿下と友達になったつもりだった。俺と、ノクスは。

それがいつの間に俺に気持ちを向けるようになったのか。

ロシュとお茶会をよくしていたようだったし、俺はてっきり……

はあ。

「ため息の数が多いな」

「え？」

「なにか、悩みが？」

「ノクス！」

びっくりした。柔らかく微笑んでいるノクスがいた。ドキンと心臓が跳ねる。

「言っておくが、私はちゃんと声をかけて、セイは返事をしただろう？」

「あ、うん」

そうだっけ。うん、そうだった。二人で食堂に来た。

「食べる時、上の空はよくないぞ。ちゃんとよく噛んで味わうように」

「お母さんか！」

「いや、婚約者の心配をしていると思ってほしいが」

「こんやくしゃ」

「仮婚約中だろう？」

「あ……うん」

ノクスから言われて嬉しくてドキドキする。顔が赤くなっているだろう。

「そのう……皆が大人になっていくなって思って」

「うん？」

「ロシュがオメガになったって聞いて。それから殿下がアルファだって」

「ああ、殿下のほうは聞いた。ロシュはオメガか。まあ、そうだろうとは思ったが」

「はい？」

「バース性は学院にいるくらいに判明するが、教育は幼いころからするだろう？　ロシュはセイと同じようにダンスは女性側だったからな」

ノクスの口元が嬉しそうに緩む。

「セイがオメガだってわかるのは近いな」

「アルファだって……」

ううん。俺も、自分はオメガじゃないかって思っている。番《つがい》だって感じているのかもしれない。

じゃなきゃ、こんなに惹かれないと思う。

ノクスは前世の最推しで、幼馴染で、一番大切な人。

「大丈夫。ちゃんと待つよ。焦ることはないから」

「うん」

「それと、悩みが解決しない時は話すだけでもすっきりすることがあるから、頼ってほしい」

こほんと咳払いしたノクスは、ちょっと照れた顔で言った。

「うん！　もちろんだよ。ノクスは頼りになるからね」

ノクスとこうして話すだけで、重い気分が吹っ飛んだ。

「顔色がよくなった。大丈夫、セイは将来、美人になるから」

「そこはかっこいい大人って言ってくれるかな!?」

思わず突っ込んでいるとロシュが来た。

「楽しそうだね」

手に夕食のトレーを持っていたロシュは一人だった。

「ロシュ、今から？」

「そう。ちょっと遅くなっちゃった。隣、いいかなあ？」

「もちろんだよ！」

「ありがとう」

ロシュが微笑むと、今まで可愛いなあって思ってたのが、綺麗で大人びて見える。

隣に座ったロシュは食前の祈りを終えると上品に食べ始めた。

つい首に目が行っちゃう。

視線を感じたのか、ロシュが俺のほうを見る。

「なに？　セイ」

「なんでもないよ！」

「そう？」

首を傾げつつも食事を再開するロシュが、ふと見つめた視線の先に第二王子殿下とフローラがいた。

◇◆◇　◇◆◇

春休みになった。タウンハウスに戻ると天使たちがいた。

「兄上！」

「兄様！」

相変わらずヴィンとエクラはノクスに突撃する。

広げた手の行先《ゆくさき》に困っていると父と母が近づいてきた。

「お帰り、セイ」

「ただいまです、父様。母様も」

「元気そうでなにより。まずは部屋でゆっくりしなさい」

「はい」

「休んだら居間に来なさい。お茶にしましょう。ノクス君も」

「はい」

皆でお茶を楽しんだあと、書斎に向かう父に少し話があると時間を取ってもらった。

父には告白されたことを正直に話した。

「第二王子殿下にそんなことを？」

「はい」

「王家からはなにも打診は来ていないから、それは殿下が動いただけだろう。セイの気持ちはどうなのかな？」

「俺は、殿下には応えられないと思う」

「わかった。難しいことは大人に任せて、自分に正直になりなさい。私からはそうとしかアドバイスはできないからね。正式に王家から横やりが入ってもなんとかしてみせるよ。セイが幸せなら、それでいいんだ」

「はい。父様」

父は私の頭をぐしゃぐしゃっと撫でた。その手は温かくて嬉しかった。

「あ、でも、節度は守りなさい」

父！　せっかく感動してたのに！

書斎を出るとメイドさんが控えていた。母が呼んでいるらしく、今度は母の部屋に行った。

「まあ、第二王子殿下が？」

「父様は正式に話は来ていないって言っていたけれど」

「……セイはどうなのかしら？　正直に言ってごらんなさい。ノクス君の気持ちも周りの思惑も気にしないでいいわ」

「俺、ノクスがいい。ずっと一緒にいて、これからも一緒にいたいの、ノクスだもん」

左手の薬指の、指輪を見る。

ほんのり感じる、ノクスの魔力。それが心地いいと感じる。

もうとっくに、俺は選んでいたんじゃないか。

少し俯いて膝に置いた手を見ていると、母が俺の隣に座って抱きしめた。

「か、母様？」

「ふふ、大きくなったわね。もう、将来を決めるところまで来ているんだもの。小っちゃくて可愛かったのに、もう身長は同じくらいね。こんな風に抱きしめるのも、できなくなる日は近いかもしれないわね」

「母様……」

「ちゃんと、ノクス君には正直に気持ちを話すのよ？　第二王子殿下にもね。言葉にしないとわからないことは結構あるものなのよ」

離れる時に母は手を握って、俺をまっすぐ見た。

俺は母に似てるんだなってぼんやり思う。

「うん。わかった」

「ならいいわ。そうそう、刺繍の話をしようと思って呼んだのだったわ。腕は上がって？」

「もちろん！　細かいモチーフもいけるようになったよ！」

それから刺繍談議で母と盛り上がった。空が夕焼けに染まるころ、母の部屋を退出した。

廊下から自分の部屋に戻ろうとすると、外からはしゃぐ声が聞こえた。

庭園から聞こえたので庭園が見えるサンルームへ出ると、ヴィンとエクラとノクスがいた。

ノクスにヴィンとエクラがまとわりついていた。はしゃぐ彼らの笑顔が尊い。

眼福！　天使三人！

俺はうっとりとその光景をしばし見ていた。見ている間にゆっくりと辺りが暗くなっていく。

宵闇《よいやみ》の神の支配する時間だ。

「あ、兄様！」

「セイ兄様！」

「セイ」

三人に見つかって小さく手を振る。

「もう暗いから、中に入ろう！」

声をかけると、三人は、サンルームへ向かって歩いてくる。俺はガラスの扉を開けて待った。

弟たちの手を取って笑顔で歩いてくるノクス。

ゲームでは、笑顔なんて見せなかったノクス。

最初は最推しを闇落ちさせたくない一心で、頑張ってきた。

それは今でもそうだけど、それだけでもない。

一番親しい、幼馴染。でもそれだけじゃない。

仮婚約者で、プロポーズをされた求婚者。俺の悩みの原因。

だけどその悩みはもう、俺の中で決着がついた。

「なに？　どうしたの？　顔になにかついてる？」

俺はノクスを凝視していたらしい。

首を傾げてノクスが俺に問いかけた。

「ん？　なにもついてないよ？　ほら、そろそろ夕飯の時間だから着替えないと。ヴィンもエクラもだよ？」

「はい。兄様」

「はい、セイ兄様」

「はい、セイ」

「ノクスまで真似することないんじゃないの？」

ノクスに突っ込むと、あははと笑いながらヴィンとエクラの手を引いて部屋へ歩いていく。ヴィンもエクラもはしゃぎながらノクスと笑い合った。

俺も笑って、三人のあとについていく。

ノクスの笑顔が愛しい。

そうだ。俺はノクスが好き。友愛じゃなく、恋だ。

ドキドキしていたのも、一緒にいたいのも、ノクスが好きだから。

オメガじゃないとか、意地張っていたのも、素直に認められなかったのは前世の倫理観。

もう、俺はこの世界の、セイアッド・ロアールだ。

月の神の神子で、ノクスの幼馴染で、ノクスが大好きなセイアッド。

偏見に傷つくノクスを見たくなくて頑張ってきた。闇落ちは避けられたと信じたい。

「セイ」

目の前に差し出された手。いつの間にか、ヴィンとエクラはいなくなっていた。

「さっき、父様に節度がどうこうって言われたんだけど」

ノクスが周りを見回した。

「誰もいないよ。部屋までの一分くらいだから」

「もう、ノーちゃんは」

「ふふ、久々に呼んでくれたね」

差し出された手を握る。ごつごつした、硬い剣士の手。俺の手より大きいノクスの手。

「父様に怒られるの、ノクスだよ」

「大丈夫、責任は取る」

「責任？」

「結婚して、幸せにする」

心臓がキュッとした。

「俺がオメガだったら、だよ」

「前にも言っただろう？　アルファだろうが、オメガだろうが、私はセイとずっと一緒だって」

繋いだ手に力を込めた。

「嬉しい。ノクス」

小さく呟いて手を放す。胸の奥があったかい。

「ん？　今、なんて？」

「お腹空いたって言った」

部屋の扉を開けて部屋に入った。

「着替えたら待ってて、迎えにくる。食堂には一緒に行こう」

ノクスが俺の背中越しに声をかけた。

「わかった。待ってる」

笑顔で振り返ってそう返すと、パタンと扉を閉めた。

オメガだと判明したら、ノクスと正式に婚約者になる。

その時はちゃんと言おう。

ノクスが好きですって。

俺の最愛の人だって、ちゃんと。

この作品に対する皆様のご意見・ご感想をお待ちしております。

おハガキ・お手紙は以下の宛先にお送りください。

【宛先】

〒150-6019 東京都渋谷区恵比寿4-20-3 恵比寿ガーデンプレイスタワー 19F
（株）アルファポリス　書籍感想係

メールフォームでのご意見・ご感想は右のＱＲコードから、
あるいは以下のワードで検索をかけてください。

アルファポリス　書籍の感想　検索

ご感想はこちらから

本書は、「アルファポリス」（https://www.alphapolis.co.jp/）に掲載されていたものを、
改題、改稿、加筆のうえ、書籍化したものです。

モブの俺《おれ》が巻《ま》き込《こ》まれた乙女《おとめ》ゲームはBL仕様《しよう》になっていた！2

佐倉真稀（さくら まき）

2024年 3月 20日初版発行

編集－桐田千帆・大木 瞳
編集長－倉持真理
発行者－梶本雄介
発行所－株式会社アルファポリス
〒150-6019 東京都渋谷区恵比寿4-20-3 恵比寿ガーデンプレイスタワー19F
TEL 03-6277-1601（営業） 03-6277-1602（編集）
URL https://www.alphapolis.co.jp/
発売元－株式会社星雲社（共同出版社・流通責任出版社）
〒112-0005 東京都文京区水道1-3-30
TEL 03-3868-3275
装丁・本文イラスト－あおのなち
装丁デザイン－しおざわりな（ムシカゴグラフィクス）
（レーベルフォーマットデザイン―円と球）
印刷－図書印刷株式会社

価格はカバーに表示されてあります。

落丁乱丁の場合はアルファポリスまでご連絡ください。

送料は小社負担でお取り替えします。


ISBN978-4-434-33585-3 C0093